# le petit Monde d'Odile

Tant de personnes ont joué un rôle dans mon existence et sont autant de facettes qui font scintiller mon petit monde...
Mes parents, bien sûr, qui sont d'un soutien sans faille dans tous mes projets, quelle patience !
Aurore, mon amie et mon maître, qui m'a ouverte à tant de minuscules et éphémères beautés.
Mon amoureux, que je voudrais émerveiller encore longtemps par des tours de fées.

Mes enfants, qui trouvent normal d'avoir une mère aux cheveux rouges, qui parle aux souris et se pare d'insectes brodés.
J'espère les avoir convertis à la fantaisie, trésor qui rend la vie plus intense...

Sur ce projet de livre atypique et si personnel, je remercie l'équipe éditoriale du Temps Apprivoisé d'avoir si bien su écouter et mettre en forme ce livre foisonnant.
Un merci tout particulier aussi à Claire Curt, photographe de l'intime, qui a réussi à capturer avec sa camera obscura cet art de vivre en couleurs, ainsi que l'essence de mon travail, varié et perpétuellement en mouvement.
Je garde un délicieux souvenir de ces séances photos.

Merci aux souris qui me font passer de si bons moments.
Compagnes malicieuses et remuantes, mais qui aident
à garder une âme d'enfant.
J'ai toujours un grand plaisir à partager leurs aventures
avec vous.

Plusieurs marques se sont prêtées au jeu, et m'ont confié ces produits avec lesquels j'aime beaucoup travailler :
• Pébéo et sa gamme de peintures pour tous supports, www.pebeo.com
• Artemio, pour les meubles de souris et le matériel des tampons, www.artemio.be
Merci à elles.

Direction éditoriale : Anne-Sophie Pawlas
Édition : Isabelle Riener
Relecture : Valérie Balland
Mise en pages : Céline Julien
Couverture : Céline Julien
Photographies : Claire Curt (les photos mentionnées en page 75 sont de Odile Baillœul)
Fabrication : Géraldine Boilley-Hautbois, Louise Martinez
Photogravure : Quadri offset

© Libella, Paris, 2014
ISSN : 2263-0112
ISBN : 978-2-299-00234-7
Dépôt légal : septembre 2014

Le Temps Apprivoisé
7, rue des Canettes
75006 Paris

http://www.letempsapprivoise.fr

Toutes les créations de ce livre sont d'Odile Baillœul et ne peuvent en aucun cas être reproduites à des fins d'exposition et de vente sans l'autorisation de l'Éditeur.

Odile Bailleul

# le petit monde d'odile

**Le Temps Apprivoisé**

# préface

Bienvenue dans mon petit monde !

Dans ce livre, je vous ouvre bien plus que les portes de mon atelier, je vous invite chez moi : pour que l'on prenne le temps de voir les saisons passer au jardin, que l'on s'amuse des facéties de mes petites souris, que l'on cuisine la récolte du potager.

J'ai envie que l'on bricole ensemble, envie de vous montrer mes astuces et mes inspirations, au travers des nombreuses créations de ce livre.

Dans cette parenthèse colorée, joyeuse et ludique, inspirée par la nature et ses trésors, je suis sûre que nous passerons un bien joli moment.

*Odile Bailloeul*

*Carte blanche*

# printemps

| | |
|---|---|
| Les hirondelles feront le printemps | 8 |
| Nichoirs de papier | 8 |
| Poisson d'avril ! | 10 |
| Oiseau brodé | 12 |
| Version brodée | 13 |
| Œufs vénitiens | 14 |
| Courrier marbré | 15 |
| Cache-pots | 18 |
| Pochette en relief | 20 |

# été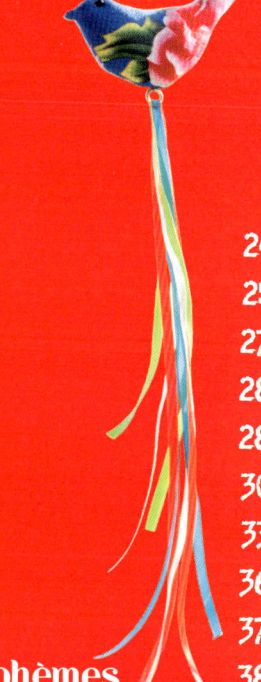

| | |
|---|---|
| Tampons faits maison ! | 24 |
| Autour du pot... | 25 |
| Oiseaux de plein vent | 27 |
| Oiseaux câlins | 28 |
| Une souris blanche... | 28 |
| Napperons revisités | 30 |
| Un miroir extérieur | 33 |
| Tablier généreux | 36 |
| Boutons malins | 37 |
| Photophores pour nuits bohèmes | 38 |

# automne

| | |
|---|---|
| Peinture de saison | 44 |
| Prolonger l'été | 45 |
| Transfert d'insectes | 46 |
| Version brute | 46 |
| Cabinet d'entomologie | 47 |
| Champignon tout confort | 48 |
| Petit exercice | 52 |
| Laine feutrée | 52 |
| Champignons en série | 54 |
| Sachets de graines | 54 |
| Collection à 4 mains | 55 |

# hiver

| | |
|---|---|
| Mon beau sapin | 58 |
| Transparence givrée | 60 |
| L'oiseau à roulettes | 61 |
| Amulettes, grigris, porte-bonheur et Cie | 62 |
| Collier « corde à linge » | 63 |
| Nichoir de fête | 64 |
| Les petits tampons | 66 |
| En attendant les beaux jours... | 66 |
| Botte ailée | 67 |
| La petite chatte | 70 |
| Version enfant | 71 |
| Volutes de fil de fer | 72 |
| Jeux d'ombres | 73 |

# printemps

## La lumière change...

... de façon imperceptible, mais pour qui guette tous les signes de l'arrivée du printemps, c'est un bonheur !

Je traque la moindre douceur dans l'air, j'encourage les poules qui recommencent à pondre, j'observe au ras du sol tout ce qui ressemble à une minuscule pousse verte, et l'envie de semer me démange de nouveau.

Les agneaux ne vont plus tarder, les graines commencent à germer : pas de doute, les beaux jours sont de retour ! Et s'il fait encore un peu frais, la serre est un refuge parfait pour les premières plantations ou les peintures de légumes précoces.

## idée express
### 21 mars

# Les hirondelles feront le printemps
✳✳✳✳✳✳✳✳✳✳✳✳✳✳✳✳✳✳✳✳

En cette saison, on les guette avec impatience ! Ces petites flèches bleu nuit qui traversent le ciel nous assurent que l'on peut y croire : le printemps est revenu ! Si elles tardent trop, rien n'empêche de se lancer dans un tamponnage frénétique d'hirondelles, pour les inciter à revenir au plus vite. Si, si, quelquefois ça marche ! Voici donc des modèles de tampons à reproduire. Comme j'adore les tampons, vous allez en retrouver au fil des pages de ce livre… Alors, allez voir le 2 juillet (p. 24), comment fabriquer les tampons !

*Vous en parsèmerez vos courriers (le percepteur apprécie ces petites attentions, je vous assure…), vos étiquettes cadeaux et tout ce qui vous passe par l'esprit en cette saison.*

La petite tache blanche dans le cou de l'hirondelle, c'est vraiment si vous avez une très petite gouge pour la créer, les hirondelles sont aussi très jolies sans !

## Création
### 24 mars

# Nichoirs de papier
★★★★★★★★★★★★★★★★★★★★

Les nichoirs sont les compléments indispensables des oiseaux, vous en conviendrez. Ils offrent aussi une belle surface pour créer des motifs et des décors, à coordonner avec nos envies du moment. Au printemps, les verts acides, les bleus légers et les roses éclatants nous font le plus grand bien ! Voilà une maisonnette à suspendre sur des branches qui bourgeonnent, à glisser dans vos plantes vertes ou à installer en guirlande si vous êtes courageuse… Mais elle se transformera volontiers en boîte à dragées pour annoncer la venue de Bébé, en écrin de Saint-Valentin ou en marque-place pour un mariage : les petits écriteaux sont là pour écrire vos messages perso, profitez-en !

**Ce qu'il vous faut :**
- Du papier épais de 150 g
- 1 cutter
- De la colle
- 1 ruban

**Comment faire ?**

Alors là, c'est facile ! Faites une photocopie couleur du gabarit (voir p. 76) sur un papier un peu épais (150 g, c'est bien !), découpez au cutter, marquez les plis et collez ! Faites un petit trou au centre du toit pour glisser une boucle de ruban, pliez le toit et collez-le sur le nichoir.

*l'humeur du jour*

*Une fournée de petits gâteaux, un thé entre copines, voilà une journée qui s'annonce bien !*

# inspiration
1ᵉʳ avril

## Poisson d'avril !
★★★★★★★★★★★★★★★★

Si vous aimez les blagues de potaches, découpez ces étiquettes et collez-les en toutes discrétion dans le dos de vos enfants… ou de votre patron ! À vous de voir jusqu'où va votre goût du risque (voir gabarit p. 77) !

# cuisine
1ᵉʳ avril

## Petits poissons gourmands

 tuto

**Comment faire ?**

**1.** Sablez grossièrement la farine, le beurre, le sucre. Ajoutez l'œuf, fraisez la pâte. Gardez 1 heure au frais, sortez du frigo, laissez reposer 15 min, puis étalez la pâte sur le plan de travail fariné.

**2.** Découpez le gabarit dans du papier (voir p. 78), posez-le sur la pâte et coupez le contour avec un couteau pointu. Posez sur une feuille de papier sulfurisé (1).

**3.** Avec une paille, faites un trou pour l'œil, un autre à la queue. Dessinez des stries sur le corps à l'aide d'une fourchette (2).

**4.** Enfournez environ 10 min à 180 °C (les bords doivent se colorer très légèrement). Laissez refroidir sur une grille.

**5.** Faites fondre le chocolat au bain-marie et trempez-y la tête des poissons, laissez refroidir sur le papier sulfurisé (3).

*Comment ça il reste du chocolat dans la casserole ?! Trempez-y des écorces d'orange, des noix, des amandes… ou émiettez dans le reste de chocolat des crêpes dentelle et formez des petits palets sur le papier sulfurisé, miam !*

Ce qu'il vous faut (pour **6** personnes) :
- 200 g de chocolat noir
- 200 g de farine
- 120 g de beurre salé (avec cristaux, c'est encore meilleur !)
- 110 g de sucre glace
- 1 œuf
- 1 paille
- 1 feuille de papier pour le gabarit
- Du papier sulfurisé
- 1 fourchette

*Création*
7 avril

## Oiseau brodé

**D**ans l'esprit des belles créations de **Mister FINCH** que j'aime beaucoup, j'ai décidé de faire des oiseaux brodés sur un perchoir. http://www.mister-finch.com/
J'ai fureté dans les vide-greniers, chez Emmaüs, et dans les trésors de grand-mère pour dénicher des napperons brodés. Finalement, c'est assez facile à trouver, on se moque de l'aspect vieillot, tout ce qui nous intéresse ici, c'est la broderie. Vous pouvez même partir en chasse avec votre gabarit pour juger de l'effet avant d'acheter le napperon… Et, j'y pense, dans un vieux canevas ? Ça ne doit pas être mal non plus !

Ce qu'il vous faut :
- Du papier A4
- Des ciseaux
- 1 crayon à papier
- 1 joli napperon brodé
- Des épingles, du fil
- De la bourre synthétique
- De vieux pinceaux
- 1 retourne-passant, (facultatif, mais quel gain de temps !)
- 2 perles noires
- Du coton à broder jaune
- 1 grosse aiguille
- 1 jolie branche
- Du fil de fer recuit
- Du fil de nylon

## Comment faire ?

**1.** Reportez le gabarit de la page 77 au milieu d'une feuille de papier, découpez la silhouette de l'oiseau, comme pour un pochoir (1).

**2.** Placez ce gabarit sur la broderie pour trouver le meilleur emplacement, tracez le contour au crayon. Faites la même chose pour l'autre face (n'oubliez pas de retourner le gabarit : sinon vous aurez 2 fois la même face !) (2).

**3.** Découpez l'oiseau, épinglez endroit sur endroit et piquez tout le tour à 5 mm du bord, laissez le bout de la queue ouvert pour retourner et rembourrer. Crantez le bord près du bec pour éviter les plis. (En fille pressée, je couds tout à la machine, mais si vous êtes patiente et minutieuse, vous pouvez bien sûr le coudre à la main !) (3).

**4.** Retournez, puis rembourrez avec de la bourre synthétique (il faut un peu de patience, enfoncez de petites quantités à la fois…). Vous voulez une astuce ? J'utilise un vieux pinceau à poils raides qui entraine la bourre quand je pousse (si vous utilisez un simple bâtonnet pour enfoncer la bourre, il passe au travers !) (4).

**5.** Quand l'oiseau est bien compact, fermez le bout de la queue avec quelques points. Cousez 2 perles noires pour les yeux.

### Balade et finitions

**1.** Partez en quête de LA brindille idéale (c'est l'occasion d'une balade dans les bois ou d'une promenade au bord de mer pour dénicher du bois flotté !).

**2.** Fixez l'oiseau à la branche par quelques points bien serrés, avec du coton à broder jaune qui figurera les pattes.

**3.** Entortillez un arceau en fil de fer aux extrémités de la branche pour faire un joli perchoir et suspendez-le dans sa nouvelle volière par un fil de nylon.

# Version brodée

Aux puces, j'ai trouvé 2 napperons qui iront parfaitement dans l'ambiance de ma serre. Mais rien ne vous empêche de broder des fleurs, des pois, des feuillages, des arabesques sur du lin… sur le tissu de votre choix et de créer des oiseaux assortis à votre déco du moment.

## Création
15 avril

# Œufs vénitiens

Voilà une méthode originale et assez rapide, inspirée du papier reliure, pour transformer les œufs en pièces uniques. On dépose un léger voile de peinture à la surface de l'eau et il va se déposer sur l'œuf que l'on va y tremper.
Attention : il faut impérativement que l'œuf soit bien sec pour absorber la peinture.

**Comment faire ?**

**1.** Préparez un grand bol d'eau (assez haut pour immerger complètement l'œuf). Projetez à la surface des gouttelettes de peinture à l'huile très diluée à la térébenthine, en agitant fermement le pinceau ou en le tapotant sur votre autre main (d'où l'intérêt d'avoir protégé la table et d'avoir enfilé votre tenue de scaphandrier !) (1).

**2.** Si vous hésitez pour les couleurs : le camaïeu est toujours joli. Des marbrures vont se former à la surface de l'eau, c'est déjà beau comme ça !

**3.** Enfilez le manche d'un pinceau fin dans le trou fait à la base de l'œuf, et faites-le ressortir légèrement par le trou du haut. Bloquez-le à la base avec un peu de Patafix (2).

**4.** Trempez l'œuf délicatement dans l'eau en le faisant tourner d'avant en arrière jusqu'à le recouvrir complètement de motifs (3).

**5.** Ô magie : il est recouvert de superbes volutes de couleur ! Vous imaginez, faire cela au pinceau ! Impossible (4)…

**6.** Faites sécher vos œufs ainsi décorés dans une boîte à œufs sans trop les manipuler.

**Ce qu'il vous faut :**
- Des œufs, de préférence blancs : d'oie, de cane, de dinde… Mais les œufs de poule blancs dans les épiceries chinoises sont très bien aussi, sinon vos œufs habituels (la couleur de l'œuf modifie évidemment la gamme de couleurs)
- Des tubes de peinture à l'huile
- De l'essence de térébenthine
- 1 pinceau brosse
- 1 grand bol
- 1 pinceau fin assez long
- Un peu de Patafix
- De quoi protéger la table, 1 tablier
- 1 boîte à œufs en carton

*Astuce ! Pour vider les œufs, faites un petit trou en haut, un plus gros à la base (je fais le trou avec mon Découd-Vite, c'est impeccable !) et soufflez de toutes vos forces au-dessus d'un bol ! Vous ferez des petits gâteaux avec…*

## idée express
### 15 avril

# Courrier marbré

Sur le même principe que les œufs vénitiens, vous pouvez décorer enveloppes et papiers à lettres, il faut simplement utiliser un récipient assez grand pour plonger complètement le papier. Faites la projection de peinture, trempez doucement le papier en faisant de petits mouvements de va-et-vient, de façon à créer des motifs en forme de vagues. Vous pouvez aussi poser le papier ou l'enveloppe à la surface de l'eau pour obtenir d'autres motifs. Faites sécher les enveloppes ouvertes et placez-les sous un gros livre quelques jours. Si vous ne craignez pas que les bambins en mettent partout, faites ça avec eux un mercredi pluvieux, ils adorent !

## inspiration
### 16 avril

# Œufs de printemps

Les œufs, synonymes de renouveau, décorent souvent ma maison en cette saison. Ça tombe bien, les poulettes sont prolifiques à cette période ! J'adore y peindre fleurettes, papillons, insectes… Mais, si vous ne peignez pas, quelques minimotifs découpés dans de jolies serviettes en papier et fixés au vernis-colle feront l'affaire. Disposées dans des nids, suspendues à de jolies branches ou encore sous cloche, ces petites compositions feront bel effet sur vos tables de printemps.

## Cuisine
### 20 avril

# Œufs mimosa

Comme en cette saison nos poulettes sont très productives, je veux leur faire honneur, en remettant au goût du jour cette entrée un peu désuète : les œufs mimosa… Économique, jolie, à parfumer au gré de son inspiration : voilà une recette qui a tout pour plaire !

Ce qu'il vous faut :
- Des œufs
- Du fromage frais, nature ou à l'ail
- Des herbes, des miettes de thon…

Comment faire ?

**1.** Faites cuire les œufs 10 min dans l'eau bouillante, stoppez la cuisson en les plongeant dans de l'eau froide.
**2.** Ôtez la coquille, coupez l'œuf en deux dans le sens de la hauteur, enlevez le jaune.
**3.** Écrasez le jaune (gardez-en quelques miettes pour le décor) avec un peu de fromage frais. Ajoutez des herbes du jardin ou des miettes de thon ou de sardine pour varier les plaisirs. Rectifiez l'assaisonnement.
**4.** Remplissez le blanc avec votre préparation en faisant un petit dôme. Saupoudrez avec les miettes de jaune et quelques herbes ciselées.
**5.** Hop, placez ça un peu au frais et dégustez !

## Cuisine
### 21 avril

# Pâté vert

La présentation de ce plat, quoique simple à réaliser, fait toujours son petit effet !

Comment faire ?

**1.** Faites blanchir une feuille de bette jusqu'à ce qu'elle ramollisse, égouttez-la et posez-la dans le fond d'un moule à cake beurré.
**2.** Pressez fortement les épinards en boîte dans une passoire pour enlever le jus.
**3.** Faites revenir les lardons à sec dans une poêle, ajoutez les échalotes et l'oignon émincés et toutes les herbes ciselées.
**4.** Versez le contenu de la poêle dans un plat, ajoutez les épinards, malaxez avec les œufs, assaisonnez.
**5.** Versez dans le moule en veillant à ce que la feuille de bette remonte bien sur les bords. Laissez cuire 45 min au bain-marie à 180 °C.
**6.** Attendez le complet refroidissement (et 1 ou 2 heures de frigo en plus !) avant de glisser la lame d'un couteau sur les parois et de démouler.

*Et pourquoi pas un repas vert ?*
*Soupe de cresson ou velouté de petits pois.*
*Pâté vert, tagliatelles vertes au pesto.*
*Biscuits au thé matcha et glace à la pistache !*

Ce qu'il vous faut (pour 6 personnes) :
- Des feuilles de bette
- 1 grande boîte d'épinards hachés
- Beaucoup d'herbes aromatiques : persil, sauge, estragon, thym frais, ciboulette…
- 1 oignon, 2 échalotes
- Des lardons fumés
- 3 œufs
- Du sel, du poivre, 4 épices
- 1 moule à cake

## Cuisine
22 avril

### Moutons en habit de sucre

**B**on, là, je suis un peu paresseuse, je l'avoue… Je demande de la pâte à brioche à mon boulanger, je la fais monter dans des petits moules alsaciens (en forme de moutons) beurrés et farinés. Une fois la pâte montée, j'enfourne 20 min à 200 °C (il faut surveiller quand même !), je démoule et je pose un glaçage épais (250 g de sucre glace, un blanc d'œuf, un demi-jus de citron) à la spatule quand le mouton est bien froid.

Ce qu'il vous faut (pour 4 personnes) :
- De la pâte à brioche
- 250 g de sucre glace
- 1 blanc d'œuf
- 1 demi-citron

http://www.poterie-soufflenheim.com
http://www.alsace-depot.fr

Avec quelques gouttes de colorant, on obtient un joli troupeau pastel !

*On peut les laisser sécher et les conserver plusieurs mois en déco*

# Création
25 mai

*J'ai peint les herbes aromatiques que j'ai plantées dans le jardin...*

## Cache-pots

**C**es peintures sont très décoratives dans la cuisine, alors j'ai décidé d'en faire des cache-pots pour les herbes aromatiques cueillies au jardin, c'est toujours plus joli que de les placer dans un verre d'eau... (encore qu'il y ait de très jolis verres d'eau...).

## Ce qu'il vous faut :

- Du papier transfert pour tissus foncés
- Du papier sulfurisé
- Du tissu en coton assez rigide : 50 x 15 cm
- Des verres étroits ou des pots de confitures

## Comment faire ?

### Le transfert

Imprimez l'image ci-contre sur du papier transfert (choisissez-le pour textiles foncés, ainsi, vous pourrez aussi l'utiliser sur des tissus en couleurs !). Décollez la pellicule imprimée du transfert (aidez-vous d'une épingle pour soulever un bord et l'enlever du papier à carreaux), posez l'image sur le tissu, face imprimée vers vous, à environ 7 cm du bord. Protégez avec le papier sulfurisé et repassez 10 secondes à fer chaud (position coton sans vapeur). Attendez que le tissu soit froid pour ôter le papier sulfurisé (1).

### Le sac

**1.** Pliez le tissu en deux, piquez les 2 côtés du sac (2). Pliez le fond du sac pour centrer la couture et former une pointe, piquez à 4 cm de la pointe. Piquez l'autre côté de la même manière, pour créer un « fond » sous votre sac (3 et 4).

**2.** Pour le bord supérieur, vous pouvez faire un ourlet, le rouler, le franger… À vous de choisir !

**3.** Glissez un pot ou un bocal rempli d'eau à l'intérieur et conservez joliment vos herbes sous la main !

## Création
3 juin

## Pochette en relief

Les oiseaux sont des motifs récurrents dans mes dessins. Comme les fleurs, ils se prêtent à des interprétations très naturalistes ou à des variations stylisées et colorées. J'aime beaucoup le travail de **Gennine**, illustratrice mexicaine, qui dessine merveilleusement les oiseaux **(http://blogdelanine.blogspot.fr/)**. Vifs et joyeux, les oiseaux égaient nos créations autant que nos jardins. J'en ai donc fait la vedette d'une petite pochette en les mettant en avant par un jeu de relief, mais cela marche aussi avec des fleurs ou tout autre motif, dès que le contour est bien défini. J'admire le patient travail de boutis, mais c'est trop long pour moi ! En revanche, cette technique de couture en volume est assez rapide, surtout pour une petite pochette comme celle-ci. C'est idéal pour commencer. Les trousses et pochettes avec fermetures à glissière m'ont longtemps impressionnée, et je n'osais pas me lancer, mais une amie m'a montré une façon simple de les monter. Maintenant que j'ai attrapé le coup, j'en ferais avec tous mes tissus chéris ! Je vous montre ?

# tuto

Ce qu'il vous faut :
- 1 joli tissu avec un motif à mettre en avant.
- 1 fermeture à glissière. Selon la taille de la pochette, choisissez-la taille adéquate (de même longueur)
- 1 tissu pour la doublure (j'aime bien le coton, ça ne glisse pas trop quand on coud)
- 1 chute de tissu blanc un peu plus grand que le motif à rembourrer
- De la bourre synthétique pour le rembourrage (très peu !)
- 1 bâtonnet pour pousser la fibre dans le motif (j'utilise toujours mon vieux pinceau fin qui ne passe pas au travers quand on pousse la bourre)
- Des ciseaux
- Du fil
- Des aiguilles
- Des épingles

## Comment faire ?

### Le rembourrage

**1.** Coupez les 2 faces de la pochette dans le tissu à motifs. Coupez les 2 côtés de la doublure à la même dimension. Épinglez le tissu blanc au dos du motif (1).

**2.** Cousez le contour de l'oiseau avec un point avant bien régulier sur les 2 épaisseurs. Laissez 3 cm d'ouverture pour rembourrer (2).

**3.** Poussez la bourre par cette ouverture (pas trop de bourre, sinon ça fronce) et terminez de coudre le contour pour fermer la forme. Vous pouvez souligner l'aile en surpiquant au-dessus du rembourrage (3).

### Le montage de la trousse

**1.** Posez, endroit contre endroit, un côté de pochette et sa doublure, glissez la fermeture à glissière entre les deux, de façon que son bord soit aligné avec ceux des 2 tissus (la tirette de la fermeture doit être contre le joli tissu) (4).

**2.** Piquez tout du long de la fermeture. Faites la même chose avec l'autre côté de la fermeture : prenez-la en sandwich entre les 2 morceaux de tissu restants (5).

**3.** Posez la pochette devant vous, avec d'un côté le joli tissu, de l'autre côté la doublure (qui peut être jolie aussi, bien sûr !). Épinglez et piquez tout le tour de ce rectangle. Laissez une ouverture de 6 cm sur un côté de la doublure pour retourner. Attention : assurez-vous que la fermeture à glissière est ouverte, sinon, impossible de retourner la pochette !

**4.** Retournez (je sais, on à l'impression que c'est impossible, mais ça marche !). Fermez l'ouverture par quelques points.

**5.** Vous pouvez glisser une boucle de ruban sur le côté au moment de la couture pour ouvrir plus facilement la trousse, et puis, c'est une jolie finition !

**6.** Si vraiment, vous craignez la pose de la fermeture à glissière, il en existe façon dentelle que l'on coud directement sur la pochette terminée, c'est plus facile !

*l'humeur du jour*

*Comme j'aimerais avoir un petit oiseau apprivoisé...*

# été

## Avec les journées plus chaudes de l'été...

… vient le plaisir de vivre dehors.
J'installe sur la terrasse de petits campements provisoires sur plusieurs tables pour bricoler, peindre, déjeuner ou prendre le thé. Jusqu'à la brouette que je transforme en atelier itinérant !
C'est la saison nomade, où je voyage avec des plateaux remplis selon les activités du moment : des carnets et des crayons, des bouts de tissu et des souris à habiller, des légumes à éplucher…
On peut prendre le temps de papoter et de bricoler avec les amis de passage, de cuisiner ce qu'on récolte au potager. On illumine les soirées avec de jolis photophores, et c'est un rituel plaisant à la nuit tombée que d'aller allumer les bougies alentours.
On regarde les étoiles filantes, et, quand les nuits sont chaudes, il y a le bonheur de se coucher sous la moustiquaire et de s'endormir en écoutant les animaux discuter entre eux.

### Création
2 juillet

## Tampons faits maison !

Réaliser des tampons est une activité très amusante. Cela permet de personnaliser plein de petites choses qui vont porter votre marque de fabrique, embellir des objets anodins comme des étiquettes ou des enveloppes. On redécouvre le plaisir de la duplication de ces petits motifs, comme à l'école. Le seul danger, et il est de taille, on ne peut plus s'arrêter !

Je vous montre donc ici comment réaliser des tampons avec 1 plaque de gomme à graver, et 1 ou 2 gouges (mais vous pouvez utiliser 1 simple gomme en plastique blanche, s'il s'agit d'un petit motif). Suivez le tuto, c'est très facile !

### l'humeur du jour

*Euh, finalement je crois que je vais passer les vacances dans mon atelier...*

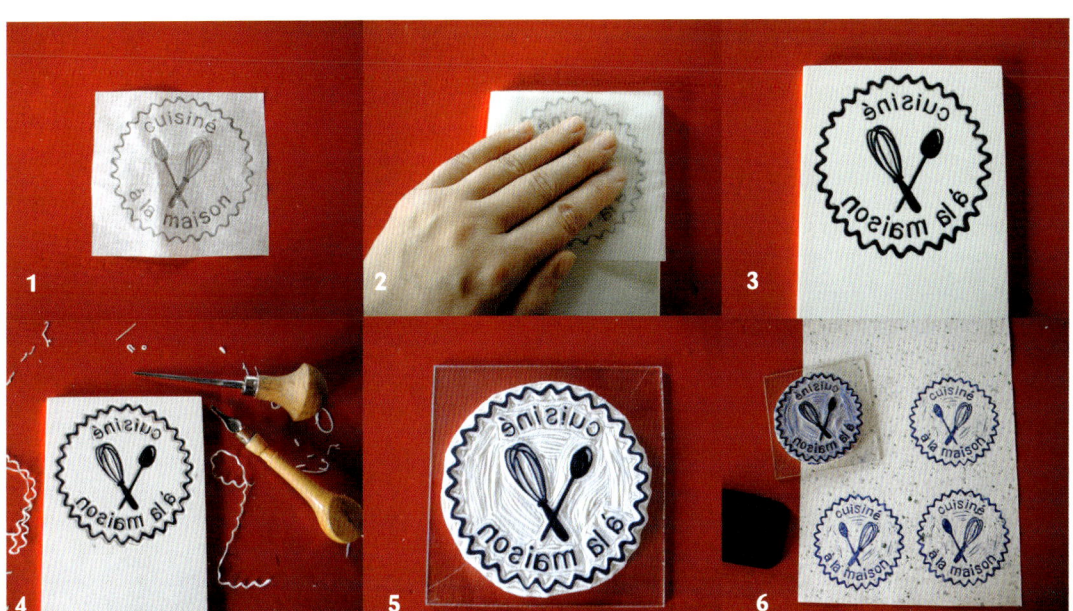

## idée express
### 3 juillet

# Autour du pot...
✱✱✱✱✱✱✱✱✱

Une autre idée pour vos pots de confitures maison : peignez une forme d'étiquette à la peinture ardoise (2 couches, c'est mieux !). Dessinez des effets de dentelle autour avec un stylo blanc correcteur. Il ne vous reste plus qu'à indiquer le parfum et la date avec un crayon craie !

Ce qu'il vous faut :
- Du papier calque
- 1 crayon à papier
- 1 plaque de gomme
- 1 feutre fin
- De la colle néoprène
- 1 plaque de plexiglas
- 1 gouge fine, 1 gouge plus grosse

Comment faire ?

**1.** Reportez le motif au crayon sur du papier de soie ou du calque (voir gabarit p. 78) (1).
**2.** Appliquez la face où se trouve le dessin sur la plaque de gomme et frottez délicatement avec la main, pour reporter le motif (2).
**3.** Avec un feutre fin « multisupport », redessinez le motif (3).
**4.** Ôtez la gomme autour de chaque lettre et de chaque dessin, en commençant à travailler avec la fine gouge, puis enlevez le reste du blanc de la gomme avec la grosse gouge (4).
**5.** Collez le dos du tampon à la colle néoprène sur un morceau de plexiglas (5) – c'est pratique, ainsi vous voyez où le placer (6). Amusez-vous !
**Attention à l'erreur classique !** N'écrivez jamais un texte directement sur la gomme ! Le texte doit être à l'envers pour se trouver dans le bon sens une fois tamponné.

*Vous allez avoir du succès en offrant vos délices maison (même si vous avez laissé brûler un peu la confiture... on ne peut pas être partout !).*

*Vous voyez : même les souris y arrivent !*

## inspiration
### 6 juillet

## Tissus chinois

Mariés à des tissus folkloriques de l'Est, à des pompons et à des rubans, ces motifs chinois fleuris et colorés apportent une touche gipsy à la maison, un régal ! Ces tissus sont aussi une source d'inspiration pour mes créations.

*Vous pouvez faire toute une volière comme ça !*

## Création
### 6 juillet

## Oiseaux de plein vent

J'ai une passion pour les tissus chinois, dès que quelqu'un que je connais va en Chine, je passe commande de tissus. Enfin, pas n'importe lesquels ! Ma prédilection va aux tissus couverts de pivoines opulentes, de plumes de phénix, de roses épanouies… Le tout dans des couleurs claquantes, pas du tout subtiles (voire un peu kitch, je le concède…), mais qui donnent le sourire. J'en recouvre mes canapés, j'en fais des rideaux, des sacs…

Et là, je me laisserais bien tenter par des oiseaux « made in China ». Ce serait pas mal accroché aux fenêtres ou suspendu dans la verdure, non ? Alors, on reprend le modèle d'oiseau que j'ai réalisé au printemps avec des napperons, (retournez au 7 avril – p. 12 –, si vous avez oublié comment faire).

### Comment faire ?

Prenez votre gabarit d'oiseau (voir p. 77, vous ne l'avez pas perdu, bien sûr…), et promenez-le sur le tissu chinois pour trouver la plus jolie composition. Sur ce type de tissu chargé, essayez de trouver un emplacement uni et calme à l'endroit où vous allez poser l'œil, sinon on ne le verra pas. Une fois l'oiseau réalisé et rembourré, cousez quelques rubans de satin bien colorés sur un petit anneau, et fixez-le sous l'oiseau avec quelques points. Passez un fil de nylon sur le dos de l'oiseau en centrant bien pour qu'il soit équilibré. Il ne reste plus qu'à trouver la place idéale, mais je vous fais confiance !

*l'humeur du jour*

Une chaleur à s'installer en terrasse avec son éventail…

## Jardin
### 16 juillet

## Broderie végétale

C'est bien agréable de commencer une création et de laisser la nature la terminer ! J'ai toujours aimé ces travaux à 4 mains… Il faut guetter le moment où le potiron est déjà grand (ici il fait 30 cm de diamètre environ), mais avec la peau encore fine et tendre. Le principe est simple : sans le cueillir, on entaille légèrement la peau du potiron qui va cicatriser et former un bourrelet à l'endroit blessé. Rassurez-vous, il s'en remettra ! Il paradera fièrement tout l'été dans sa livrée haute couture. Les enfants appliqués peuvent ainsi graver leur prénom avec un canif délicat.

**Ce qu'il vous faut :**
- Des potirons
- 1 feutre à l'eau
- Des gouges de plusieurs tailles

### Comment faire ?

1. Dessinez directement sur le potiron avec un feutre.
2. Avec une gouge, entaillez légèrement la peau pour enlever un fin copeau de peau. Attention de ne pas détacher le potiron de sa tige.
3. Jouez avec des tailles de gouges différentes pour obtenir des traits plus ou moins épais.

## Idée express
29 juillet

## Oiseaux câlins

Ces petits oiseaux découpés dans un bristol ou dans un papier blanc fantaisie peuvent devenir des cartes de félicitations ou des faire-part de mariage. Mais vous pouvez aussi les glisser dans les livres qu'on vous a prêtés, en remerciement… Et si la correspondance de vacances n'est pas votre fort, glissez donc ces petits messagers dans une enveloppe !

## Création
29 juillet

## Une souris blanche…

À glisser sous l'oreiller des petits pour qu'ils soient rassurés : la petite souris est bien passée en personne récupérer leur quenotte !
Une astuce piquée chez **Hans Christian Andersen** le conteur, qui s'adonnait aussi aux découpages avec beaucoup d'ardeur ! Pour rompre la symétrie trop parfaite des découpages pliés et les rendre plus vivants, on découpe 3 jambes, par exemple pour un personnage. Une fois le personnage déplié, on va couper 1 jambe à droite et 1 autre jambe à gauche, ce qui donnera 2 attitudes différentes.
Cette technique est illustrée ici avec la queue de la souris : j'en ai dessiné 2 et j'ai gardé 1 queue par côté découpé.

*Les souris sont très cabotines, elles adorent poser comme modèles !*

. . inspiration
. 2 août

## Juste un peu de papier…

★★★★★★★★★★★★

Je suis toujours très attirée par les découpages. C'est un art populaire que l'on retrouve en Chine, au Mexique, en Suisse, en Pologne… et dans bien d'autres pays, à chaque fois avec ses styles et ses motifs propres. Et si, au fil des années, j'ai accumulé pas mal de documentation sur ce thème, ce qui m'amuse surtout, c'est de travailler mes motifs de prédilection en utilisant cette technique : souris, oiseaux, feuillage… pour créer ribambelles, petites cartes express, napperons de fête ou décors éphémères à improviser quand vous êtes invitée chez des amis.

Rapide, peu coûteuse et ne demandant que des ciseaux, du papier et un peu d'imagination, voilà une activité qui passionnera aussi les enfants !

## Création
5 août

# Napperons revisités

Vous pouvez désirer une version moins éphémère de ces beaux découpages, alors en voici des géants, réalisés dans de la toile cirée très colorée. Ils peuvent s'inviter sur la nappe du pique-nique, frimer sous un gâteau d'anniversaire ou sous une tarte aux pommes, ils se nettoient d'un coup d'éponge et se rangent bien à plat sous le lit jusqu'à la prochaine occasion ! En version feutrine pour les tables de Noël, c'est bien aussi !

Ce qu'il vous faut :
- 1 grande feuille de papier (type nappe en papier)
- De la toile cirée
- 1 paire de ciseaux
- 1 perforatrice

Comment faire ?

**1.** Agrandissez et reportez le patron (ci-contre) sur du papier. Découpez-le, et reportez-le sur le carré de toile cirée plié en quatre.

**2.** Découpez avec une BONNE paire de ciseaux la partie extérieure. Pour les petites découpes, procédez sur une épaisseur à la fois, pour être plus précise.

**3.** Utilisez une perforatrice pour les yeux des oiseaux.

Gabarit à agrandir à 200 %
et à reporter sur le tissu plié en quatre.

J'ai remarqué que les souris étaient assez douées pour la déco de table !

disposez de-ci de-là des offrandes au jardin...

Pour ce qui est de récolter, les souris n'ont pas leur pareil !

## jardin
10 août

# Tuteurs universels

Au potager, même les petits sauront où trouver les haricots, la salade (voire les escargots !), les carottes ou les tomates. Plus d'excuses !

J'ai peint les légumes concernés sur un petit morceau d'ardoise. Un coup de perceuse et on visse sur le tuteur. D'ailleurs, cela pourrait être une bonne idée de faire dessiner ces petits panneaux par les bambins, non ? Il existe des peintures spéciales pour l'extérieur, mais moi, j'ai utilisé mes bonnes vieilles peintures à l'huile…

*Campement d'été pour petite sieste…*

## idée express
12 août

# Un miroir extérieur

Une petite série de miroirs trouvés sur les vide-greniers ornent les murs extérieurs de ma maison.

Leur emplacement, choisi avec soin, permet de mettre en valeur quelques points de vue du jardin. Une façon de créer des paysages sans pinceaux ! En plus, ils changent au gré des saisons.

## cuisine
16 août

# Tous au vert

Pour faire joli sur les tables d'été, je glisse souvent une branche de verveine ou de menthe dans la carafe d'eau. Cela parfume subtilement l'eau du robinet et ça reste de 2 à 3 jours en pleine forme si vous la placez au réfrigérateur.

Mais bon, pas de fantaisie : on s'en tient aux aromatiques comestibles ! N'allez pas m'inventer des potions de sorcières !

*inspiration*
20 août

# Les recettes de l'été
✳✳✳✳✳✳✳✳✳✳✳✳✳✳✳✳✳✳✳

C'est la saison où l'on va chercher l'inspiration dans les rangs du potager, où l'on a envie de glisser des fleurs et de la couleur dans tous les plats…
Les amis de passage me demandant souvent certaines de mes recettes fétiches en cette saison, je vous en fais profiter aussi ! Il n'y a pas de raison ! Crème de courgettes à l'ail et à la menthe, crème de carottes au cumin, houmos express, fougasse aux olives, melon vinaigrette, fruits pochés vont vite devenir vos chouchous de l'été…

**Melon vinaigrette**
Coupez le **melon** en petits cubes, préparez une vinaigrette légère avec le jus d'une **orange** non traitée, les zestes coupés très fins, un peu d'**huile**, du **sel** et du **poivre**… Assaisonnez le melon, piquez-y quelques **capucines**… Ah, la couleur du melon avec le vermillon des capucines, et une petite touche de bleu, gracieusement offerte par les **bourraches**, c'est pas joli ?
Il vous reste de la vinaigrette à l'orange, forcément… Alors, assaisonnez vos carottes râpées ou des lentilles tièdes avec, vous m'en direz des nouvelles !

## Cuisine
21 août

## Crème de courgettes à l'ail et à la menthe

**Ce qu'il vous faut :**
- Des courgettes
- Du fromage blanc ou de la crème fraîche
- De la mayonnaise allégée
- 2 gousses d'ail
- Du sel et du poivre
- Des feuilles de menthe

Quand les courgettes s'annoncent au potager, c'est souvent en rang serrés ! Pour éviter les « encore des courgettes ! », j'ai une recette qui fait l'unanimité. Cette délicieuse crème se sert sur des croutons à l'apéritif, mais est aussi une alternative agréable aux vinaigrettes dans les salades, et encore meilleure le lendemain, quand le goût de l'ail est plus prononcé (enfin, encore faut-il aimer l'ail) !

**Comment faire ?**

**1.** Épluchez et épépinez les courgettes (surtout les espèces de gourdins qui ont poussé bien cachés derrière les feuilles !).

**2.** Faites-les cuire 10 min à la vapeur, écrasez-les à la fourchette, égouttez bien.

**3.** Pour un bol de purée de courgettes, ajoutez 2 cuillerées à soupe de fromage blanc (ou de crème fraîche, c'est vous qui voyez) et 2 cuillerées à soupe de mayonnaise allégée, du sel, du poivre, 2 gousses d'ail écrasées et un joli bouquet de menthe hachée. Placez au frais au moins 3 heures.

## Cuisine
22 août

## Houmos express

Placez dans votre mixer chéri **1 grosse boîte de pois chiches** au naturel égouttés, le jus de **2 citrons**, des **herbes** (**basilic**, **persil**, **ciboulette**… c'est la saison, on ne va pas s'en priver !), du **sel**, du **poivre**, allez, une **gousse d'ail** aussi…
Mixez le tout et ajoutez un filet d'**huile** pour lier l'ensemble (souvent je mets 2 ou 3 cuillerées de **crème de soja** ou de **crème fraîche allégée** à la place, c'est plus léger… enfin…). Goûtez et rectifiez l'assaisonnement.

**Fougasse maison**
Demandez au boulanger de la **pâte à pain**, faites revenir des **lardons**, des **petits oignons**, des **olives noires ou vertes**, des **pignons**, avec un peu d'**huile d'olive** et salez bien. Quand cette préparation est tiède, incorporez-la à la pâte à pain, laissez gonfler tranquillement sous un torchon, remalaxez le tout, et, sur une tôle farinée, aplatissez en forme de galette. Faites des incisions aux ciseaux autour pour former des pétales et d'autres au milieu pour faire des trous, ajoutez quelques olives pour faire joli.
Laissez monter un peu et enfournez de 10 à 15 min dans un four bien chaud. Attention : l'odeur va attirer, comme par hasard, tous les gourmands dans la cuisine !

*Et où tartiner ces petites crèmes en tout genre ? Sur des petits croutons, ou sur de la fougasse (presque !) maison.*

*Création*

25 août

# Tablier généreux

Pour passer de l'atelier à la cuisine, pour travailler au jardin, rien de tel qu'un tablier !

Évidemment on va le faire joli, dans l'esprit de notre déco, et avec de grandes poches pour y caser tout notre petit bazar…

Et puis si on décide de le porter comme une tunique coquette, ça marche aussi !

Ce qu'il vous faut :
- 1,50 x 1,30 m de tissu
- 3 m de biais
- 1 bordure décorative en tissu ou 1 gros ruban (facultatif)
- 2 boutons jolis

*l'humeur du jour*

Bien sûr que l'on peut être élégante en tablier !

# tuto

### Comment faire ?

**1.** Agrandissez le patron (gabarit p. 79) en vous aidant des carreaux : quadrillez une nappe en papier (pas chère et bien grande !), dessinez le patron et découpez-le.

**2**. Posez le patron sur le tissu en le mettant en biais pour que le tombé soit plus joli. Coupez (1).

**3.** Découpez 2 poches, les bretelles et une petite bande pour le haut du tablier (c'est facultatif, mais j'avais très envie d'ajouter des oiseaux dans toutes ces fleurs !) (2).
Faites un petit rentré au fer et piquez la bande en haut du tablier (3).

**4.** Épinglez le biais sur l'envers du tablier, au ras du tissu, piquez, repliez le biais sur l'endroit et surpiquez au ras. Faites ainsi le tour du tablier (4).

**5.** Posez du biais sur le haut des poches, passez un fil de fronce en bas des poches et tirez pour réduire la largeur de la poche (5).

**6.** Pour déterminer l'emplacement des poches, épinglez le tablier sur vous, épinglez les poches à l'endroit désiré et piquez-les (6).

**7.** Pliez les bretelles dans la longueur, piquez et retournez-les, surpiquez chaque côté.

**8.** Épinglez les bretelles sur le tablier en les croisant dans le dos, et faites un essai pour ajuster la taille. Fixez-les en les piquant solidement (7).

**9.** Voilà, c'est fini ! Vous pouvez mettre des boutons pour faire encore plus chic (8).

*Voilà, vous êtes belle. Allez travailler maintenant !*

---

## idée express
### 25 août

# Boutons malins

Si vous avez envie d'assortir un bouton à un sac, d'en intégrer à un collier, voici une astuce : découpez un rond dans le tissu (les bords du cercle doivent toucher le pied de bouton) (1). Faites un petit rentré de 5 mm au bord, et passez un fil de fronce solide tout autour (2). Serrez bien (3).

Maintenant, il va falloir les mettre sur quelque chose ces boutons… sur le tablier bien sûr !

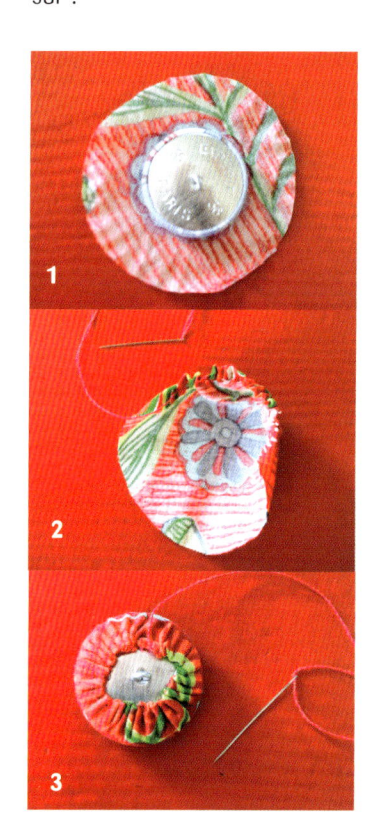

### Création
26 août

# Photophores pour nuits bohèmes

★★★★★★★★★★★★★

Les motifs millefiori, inspirés des maîtres verriers vénitiens, sont toujours séduisants. Mais quand en plus ils jouent avec la lumière, alors ça devient vraiment féérique ! Avez-vous déjà essayé la pâte polymère. Non ? Alors c'est l'occasion de vous y mettre ! Je propose cette création aux débutantes lors de mes stages, le résultat est toujours magique.

Ce qu'il vous faut :
- De la pâte fimo : quelques couleurs en qualité « soft » et 3 pains de pâte blanche translucide
- 1 grande lame
- 1 rouleau (l'idéal reste la machine à pâte)
- 1 grand carreau de céramique lisse ou 1 plaque de verre
- Des photophores en verre de forme simple

*l'humeur du jour*

*Rien n'incite moins au travail que les chats...*

## tuto

### Comment faire ?

**1.** Mélangez un soupçon de couleur (ça colore vite…) dans une grosse boule de pâte blanche translucide, et pétrissez jusqu'à obtenir un ton homogène.
**2.** Faites un cylindre court et épais, entourez-le de colombins opaques et translucides, et recouvrez l'ensemble d'une plaque de pâte (1).
**3.** Roulez sur le carreau pour bien souder les éléments entre eux et réduire le diamètre de la canne. Coupez la canne en deux, et réduisez encore une des moitiés en la roulant sur le carreau de céramique pour jouer sur des échelles variées (2).
**4.** En variant les proportions, les coloris et le rythme des décors, réalisez 5 ou 6 cannes assorties et coupez-les en fines tranches (3).
**5.** Pressez ces pastilles côte à côte sur le photophore. Dans les interstices, ajoutez un peu de pâte colorée translucide (4).
**6.** Quand toute la surface est recouverte, roulez le photophore sur le carreau pour souder les motifs et lisser les raccords (5).
**7.** Faites cuire 20 min à 120 °C dans votre four.

*Astuce ! Plus la proportion de pâte transparente est importante, plus l'effet sera joli une fois la bougie allumée.*

## Cuisine
### 3 septembre

# Les pêches du voisin

Les fruits sont nombreux dans les jardins certaines années. Avec les pêches tardives données par le voisin, j'ai fait des pêches pochées au sirop de romarin.

### Ce qu'il vous faut :
- Des pêches
- Du sucre
- 1 brin de romarin
- Du fromage blanc

### Comment faire ?

**1.** Enlevez la peau des pêches, pochez-les 10 min dans un sirop bouillant (mélange eau-sucre), dans lequel vous aurez ajouté le romarin.
**2.** Enlevez les pêches et continuez de réduire le sirop jusqu'à ce qu'il épaississe. Laissez refroidir.
**3.** Présentez les pêches dans de jolies coupelles, sur un lit de fromage blanc. Nappez avec le sirop et parsemez d'amandes grillées ou de pistaches hachées. C'est assez rapide à faire, et c'est un joli dessert à servir quand on reçoit.

*des petites peintures en trompe-l'œil pour piéger les gourmands...*

## jardin
### 10 septembre

# On profite des petits fruits du jardin…

Au jardin, j'ai planté des groseilliers, des cassissiers, des framboisiers et des mûriers… pour les picorer au passage, bien sûr (c'est un des plaisirs de mes promenades matinales !). Mais aussi pour avoir mes modèles sous les yeux. Les regarder passer du bourgeon à la fleur, au fruit, à la graine… Observer les saisons qui passent, et parfois, capturer ces fruits avec un pinceau…

*J'ai de la chance : les souris m'apportent souvent des modèles !*

*Résister à l'envie de manger les modèles !*

*Petites récoltes peintes sur de vieux journaux… Une de mes gourmandises…*

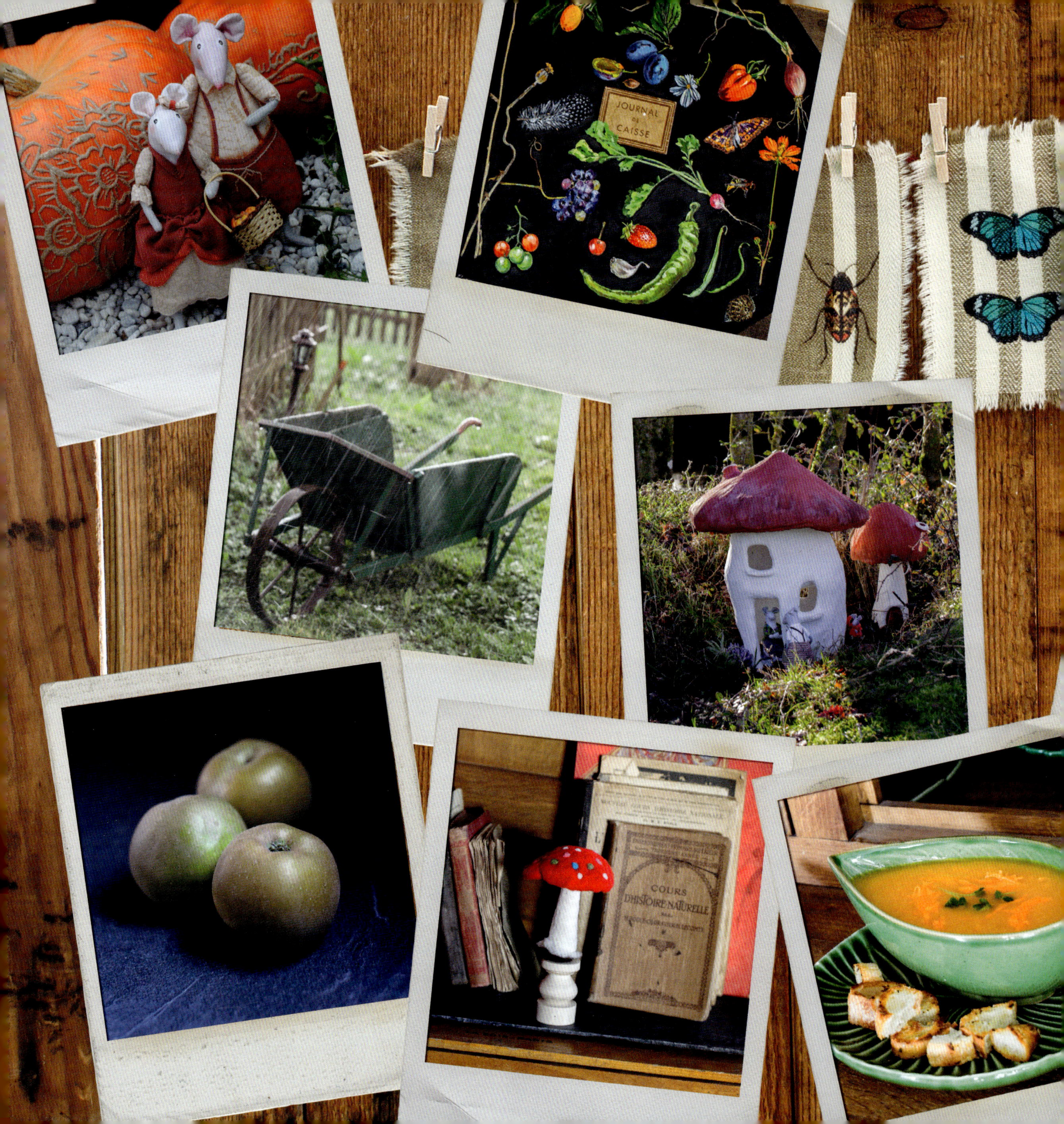
JOURNAL DE CAISSE
COURS
D'HISTOIRE NATURELLE

# automne

## L'automne est là...

... mais il arrive sur la pointe des pieds. Il y a encore des journées flamboyantes à passer dehors, des légumes à ramasser, des graines à récolter, à mettre en bocaux, en boîtes, en sachets...
Les trésors de l'été s'organisent autour de menues collections que j'aime installer tels de petits cabinets de curiosités, en mini-expositions.
Et il y a les champignons... Comme je ne suis pas assez téméraire pour en ramasser et en manger, je me console en les observant et en les mettant partout dans la maison : en feutre, en pâte Fimo, en tampon, en transfert...

### Jardin
23 septembre

## Gravure sur potiron

Eh bien, les voilà nos jolis potirons ! Ils ont fait les beaux dans le potager tout l'été. Dès que le feuillage jaunit et que le pédoncule se dessèche, vous pouvez couper le potiron ! Laissez-le quelques jours sans le bouger, puis stockez-le. Il faut le manipuler très délicatement pour qu'il se conserve longtemps (parfois de 6 à 8 mois !).

Quand vous êtes décidée à le cuisiner, invitez tous vos voisins pour une délicieuse soupe.

*Servez votre soupe dans votre magnifique potiron évidé.*

### Création
23 septembre

## Peinture de saison

Prendre le temps de s'installer au potager pendant ces belles journées d'automne pour peindre... La lumière est différente, plus douce. La rosée du matin s'attarde plus longtemps et les odeurs de terre se font plus fortes. Ce sont tous ces petits détails qui entrent en nous quand on peint dans la nature. Même si la peinture n'est pas très réussie ce jour-là, ce moment est un cadeau précieux. Il n'y a plus que le modèle, le support, et le bruit des pinceaux qui s'agitent dans le bocal de térébenthine...

### idée express
24 septembre

## Prolonger l'été
★★★★★★★★★★★★★★★★

Fabriquer des barrettes-fleurs est une autre façon de faire durer la gaieté et l'exubérance du jardin : on peut ainsi arborer toute l'année de la couleur et de la fantaisie. J'assortis ces fleurs au rouge flamboyant de ma chevelure, et transporte partout avec moi ce bouquet insolite et poétique. Cela fait sourire les passants, laisse les enfants bouche bée… Que demander de plus ? Et elles se réalisent très vite en plus !
Je choisis une jolie fleur en tissu (il y en a plein les bazars). Je coupe la tige à 5 mm de la fleur, et je dépose un rond de colle au pistolet à colle pour que les pétales ne s'enlèvent pas. Je fixe ensuite la barrette, sans lésiner sur la colle, et voilà !

*… et profiter de cette température encore estivale pour bricoler, faire la sieste, bouquiner sur la terrasse…*

### Cuisine
25 septembre

## Soupe potiron-carotte

Pour 6 personnes (500 g de potiron) :
Faites fondre **2 oignons rouges** émincés dans un peu de **beurre**, ajoutez **5 carottes râpées**, faites revenir. Ajoutez le **potiron** coupé en morceaux, couvrez d'eau, ajoutez du **sel**, du **poivre** et **1 demi-cuillerée à café de cumin**. Laissez cuire 40 min. Mixez et ajoutez un peu de **crème de soja** ou de **crème fleurette**.

*C'est bien aussi avec du potimarron !*

:::: Création
4 octobre

## Transfert d'insectes

Les insectes sont à mes yeux de magnifiques petits trésors de la nature (enfin… il y a quelques exceptions !). Ces carapaces rutilantes, ces minuscules pattes, précises et délicates, ces couleurs incroyables… Leur rendre hommage en créant de petits bijoux va donc de soi.

**Ce qu'il vous faut :**
- Du tissu clair et fin
- Du papier transfert pour tissu clair
- Du papier sulfurisé

**Comment faire ?**

1. Imprimez les insectes présentés ici sur le papier transfert.
2. Découpez un insecte en laissant le moins de marge possible. À l'aide d'une épingle, ôtez la pellicule imprimée pour la détacher du papier à carreaux.
3. Posez votre motif sur le tissu, face imprimée sur le tissu. Placez du papier sulfurisé par-dessus, et repassez quelques secondes à fer chaud (position coton sans vapeur) : toutes les zones blanches deviennent transparentes.
4. Laissez refroidir avant d'enlever le papier sulfurisé.

:::: Idée express
4 octobre

## Version brute
★★★★★★★★★★★★

Si vous n'avez pas la patience d'en faire des bijoux, glissez ces jolis transferts d'insectes sur des paquets cadeaux ou suspendez-les sur un fil !

*Associé à des vieux papiers, c'est parfait !*

**Création**
5 octobre

# Cabinet d'entomologie

(Eurrhypara hortulata)
(Leptidea sinapis)
Lépidoptères    (Macaria notata)
(Xanthorhoe fluctuata)
(Pyrgus armoricanus)
(Scotopteryx chenopodiata)

**Ce qu'il vous faut :**
- Des perles de rocaille
- Des rubans
- 1 attache de broche à coudre
- De la bourre

**Comment faire ?**

**1.** Transférez les dessins (voir ci-contre comment faire).

**2.** Découpez des formes simples autour des insectes en laissant au moins 1 cm autour du motif. Reportez cette forme dans le même tissu pour réaliser l'envers de la broche.

**3.** Assemblez l'endroit et l'envers à la main ou à la machine (laissez une petite ouverture pour retourner !). Retournez sur l'endroit, glissez un peu de rembourrage à l'intérieur, fermez par quelques points.

**4.** Décorez le contour avec des petites perles et des rubans (c'est le moment que je préfère). Fixez l'attache de broche au dos.

*Un peu de fil métallisé brodé par endroits confère à ces petites bêtes des allures de pierres précieuses. Effet haute couture assuré !*

*et si vous faisiez un petit village de Champignons ?*

### Création
10 octobre

## Champignon tout confort
✲✲✲✲✲✲✲✲✲✲

**C**omme je suis dans ma période champignon, les souris y ont droit aussi ! Je leur ai fabriqué une petite maison que je vais installer dans le jardin (ce sera leur maison de campagne !). Ensuite, je vais m'amuser à leur faire un jardin miniature, un mini-potager… La liste des délires possibles est infinie, et si vous n'avez pas de souris à la maison, ce n'est pas grave : transformez-la en maison de poupées… ou de hérissons !

Ce qu'il vous faut :
- 1 rouleau de grillage à poussins
- 1 pince coupante,
- Du fil de fer galvanisé
- Du mortier colle extérieur : 20 kg (ou plus si vous voulez un très gros champi !)
- Du mat de verre 300 g (fibre de verre qu'on utilise souvent avec de la résine, elle se trouve dans les magasins de bricolage ou de matériel de bateau, de carrosserie…)
- 1 petite spatule, 1 brosse
- 1 bac en plastique, des gants
- Du pigment pour ciment (grands magasins de bricolage)

Comment faire ?
**Le pied**
**1.** Découpez une bande de grillage de 120 x 50 cm, fermez-la en cylindre et rabattez les bouts de grillage qui dépassent pour maintenir le cylindre fermé. Formez des pinces en haut et en bas du cylindre pour lui donner une forme de « tonneau ».
**2.** Découpez la porte et les fenêtres (A).

### Le chapeau

**1.** Découpez un cercle de 80 cm de diamètre dans le grillage, faites une fente jusqu'au centre et formez un cône, repliez les extrémités du grillage pour le maintenir.

**2.** Faites des petits plis tout autour du cône et rentrez la base légèrement sous le cône pour donner de l'épaisseur au chapeau.

**3.** Posez ce cône sur du grillage et découpez un cercle. Fixez le cercle sous le chapeau (B).

### L'assemblage

**1.** Assemblez pied et chapeau avec des petits bouts de fil de fer.

**2.** Vérifiez l'allure générale du champignon, resserrez le grillage pour réduire le volume par endroit si nécessaire (C).

### Le mortier colle

**1.** Commencez par protéger la table, car c'est salissant… Mettez 2 ou 3 truelles de mortier dans le bac, et mouillez progressivement pour obtenir un mélange crémeux.

**2.** Pendant que ça pose (5 min), déchirez des morceaux de mat de la taille de votre main. Posez votre champignon à l'envers dans un gros pot (D).

**3.** Tartinez généreusement un morceau de mat avec le mortier, et appliquez sur le grillage situé sous le chapeau, recouvrez généreusement de mortier avec la spatule.

*Cette envie m'a prise à l'automne, mais je vous conseille vraiment de faire ce travail aux beaux jours : ça sèche mieux (attention : faites sécher à l'ombre pour éviter les craquelures).*

**4.** Dessinez des lamelles avec la pointe d'un couteau quand le ciment se raffermit (2 heures plus tard environ). Laissez sécher environ 12 heures (mais cela dépend de la température, c'est plus rapide l'été).

**5.** Le lendemain, remettez le champignon dans le bon sens et recouvrez la base jusqu'à la moitié du pied, laissez sécher 24 heures. (Et pourquoi ne pas tout faire en 1 fois, me direz vous ? Parce que le poids du ciment sur la partie supérieure serait trop lourd et ferait s'effondrer le grillage, vous pensez bien, j'ai essayé !) (E).

**6.** Le lendemain, c'est dur. Continuez de recouvrir complètement le champignon en superposant les morceaux de mat. Laissez bien sécher cette 1re couche.

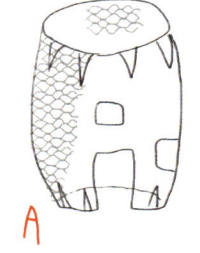

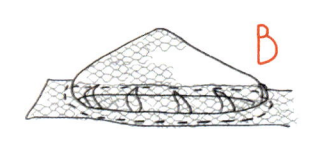

### Les finitions

#### Le chapeau

Mettez un peu de pigment dans le mortier sec avant d'ajouter l'eau (ça fonce beaucoup quand on mouille, mais s'éclaircit en séchant). Passez une épaisse couche de mortier coloré à la brosse sur le chapeau du champignon, lissez avec le pinceau humide (F).

#### Le pied

**1.** Repassez une couche de mortier blanc sur le pied (on ne doit plus voir la fibre de verre).

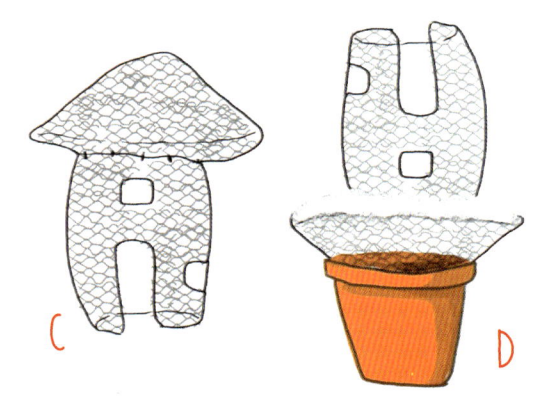

**2.** Quand le mortier commence à prendre, ajoutez des motifs à la pointe d'un couteau ou des éléments en relief : cheminée, petits cailloux, bouts de mosaïque, vaisselle cassée façon Picassiette, n'ayez peur de rien, exprimez-vous !

*Astuce ! Vous pouvez peindre le champignon une fois terminé avec de la peinture acrylique, mais colorer le mortier dans la masse est plus durable.*

*Les œufs de mes poules Marans sont particulièrement jaunes... très appétissants dans la cuisine !*

*Bon, le sucre complet Rapadura y est pour quelque chose aussi...*

## Cuisine
15 octobre

# La tarte aux fleurs

❋❋❋❋❋❋❋❋❋❋❋❋❋❋❋❋❋❋❋❋

**1.** Malaxez ensemble tous les éléments de la pâte sablée, ajoutez l'eau pour lier le tout.
**2.** Posez cette boule au centre du moule à tarte et pressez-la avec la paume de la main pour l'étaler (elle est trop friable pour se laisser aplatir au rouleau), faites un gros bord, c'est encore meilleur !
**3.** Cuisez à blanc 15 min.
**4.** Étalez la compote sur le fond de tarte
**5.** Découpez les pommes en fines tranches, et disposez-les en forme de pétales pour créer quelques fleurs. Disposez quelques raisins au centre des fleurs, cuisez 20 min à 200 °C.

**Quelques variantes :**
Les plus pressées utiliseront de la pâte toute prête et de la compote en bocal, ça marche aussi, même si c'est moins goûtu ! On peut remplacer les raisins par des cerneaux de noix ou des cerises confites…

Ce qu'il vous faut (pour 6 personnes) :
La pâte sablée :
- 180 g de farine
- 70 g de beurre demi-sel ramolli
- 60 g de sucre
- 2 jaunes d'œufs
- 1 cuillère à soupe d'eau

La garniture :
- De la compote à la cannelle
- 4 petites pommes, type granny smith
- Quelques raisins secs

**Cuisine**

16 octobre

## Tous au coing

*Pour le goût et pour la belle couleur ambrée, faites de la gelée de coing !*

Ce qu'il vous faut :
- Des coings
- Du sucre
- Du jus de citron, des épices à spéculoos…

**La gelée de coing**

1. Coupez-les en quatre, je sais, il faut presque une hache !
2. Couvrez-les d'eau et cuisez-les 40 min jusqu'à ce qu'ils soient tendres. Laissez infuser 6 heures.
3. Enlevez les coings de l'eau, pesez l'eau de cuisson et ajoutez le même poids de sucre (un peu moins, si vous êtes raisonnable…). J'aime ajouter un peu de jus de citron et des épices à spéculoos, mais c'est vous qui voyez !
4. Faites bouillir doucement 15 min, jusqu'à ce que la gelée prenne et versez-la dans les pots.

**La pâte de coing**

Ôtez peau et pépins des morceaux de coing, ajoutez le même poids en sucre, et mélangez bien dans une sauteuse (j'ajoute des petits bouts d'orange confite…). Cuisez jusqu'à ce que la pâte s'assèche et se décolle des bords, versez dans de jolis petits moules en silicone. Au bout de 2 jours, démoulez-les et laissez sécher à l'air libre. Vous pouvez aussi les recouvrir de sucre cristallisé.

*l'humeur du jour*

*Juste envie de bouquiner avec les chats…*

## Création
### 7 novembre

## Petit exercice

Petit exercice facile pour débuter le feutrage à l'aiguille. Roulez un peu de laine dans vos mains et piquez avec une aiguille à feutrer jusqu'à donner la forme d'une petite olive, que vous collerez dans une cupule de gland.

## Création
### 7 novembre

## Laine feutrée

On peut feutrer la laine de plusieurs manière : à l'eau, à l'aiguille, dans la machine à laver (voir le livre *Laine feutrée, premières leçons*, aux Éditions Le Temps Apprivoisé). L'une des techniques la plus simple, qui ne demande que peu de place et de matériel, est le feutrage à sec avec des aiguilles à feutrer. Ce joli spécimen sur socle a été réalisé de cette façon.

## tuto

**Ce qu'il vous faut :**
- 1 plaque de mousse rigide
- Des aiguilles à feutrer, moyennes et fines (si vous êtes débutants, prévoyez un peu de stock, on casse facilement au début) et un embout porte-aiguille
- De la laine cardée blanche et rouge et un peu de laine rose, bleue, verte pour les pois, et marron pour le terreau
- 1 socle en bois ou 1 vieille bobine en bois
- Du fil de fer

### l'humeur du jour

*Pourquoi les plus jolis ne sont pas comestibles ?*

### Le pied

**1.** Roulez de la laine blanche entre les mains pour former un rouleau. Posez sur la plaque de mousse et piquez ce rouleau avec l'aiguille moyenne, de l'extérieur vers le centre (attention aux doigts ! Un peu de distraction et ouille ! on se pique méchamment !). Il faut tourner tout le temps le pied du champignon pour que le feutrage soit uniforme. Petit à petit, la laine se densifie : il faut que ce soit assez ferme (1). Roulez entre les mains régulièrement.

**2.** Laissez un peu de laine non feutrée en haut du pied pour pouvoir l'intégrer au chapeau par la suite (2).

### Le chapeau

**1.** Formez une galette de laine rouge, et piquez-la (si vous avez un embout à plusieurs aiguilles, cela va plus vite) pour former le chapeau (3).

**2.** Piquez l'extérieur du chapeau en le maintenant un peu relevé, afin d'obtenir un bord arrondi (4).

**3.** Feutrez à part un rond de laine blanche, et intégrez-le sous le chapeau rouge. Attention ! Essayez de piquer de façon latérale pour que la laine blanche ne soit pas visible de l'autre côté (5).

### L'assemblage

**1.** Ajoutez le pied en feutrant la laine qui dépasse sous le champignon. Ici aussi, évitez de traverser le chapeau (6).

**2.** Roulez de petites boules de laine colorée entre les doigts, et piquez-les délicatement sur le chapeau avec l'aiguille fine (7). Feutrez un peu de laine blanche et placez-la sous le champignon.

**3.** Taillez en biseau l'extrémité du fil de fer, enfoncez-le presque jusqu'en haut du champignon, laissez dépasser de 4 cm et coupez-le.

**4.** Percez dans le socle un trou de la taille du fil de fer, enfoncez le champignon dedans (si vous optez pour une fixation définitive, mettez de la colle chaude sur le fil de fer avant de l'enfoncer).

**5.** Piquez un peu de laine marron à la base, pour cacher le raccord et imiter le terreau de sa forêt natale…

**6.** Une nouvelle variété de champignon est née !

## idée express
### 25 novembre

## Champignons 🍄 en série

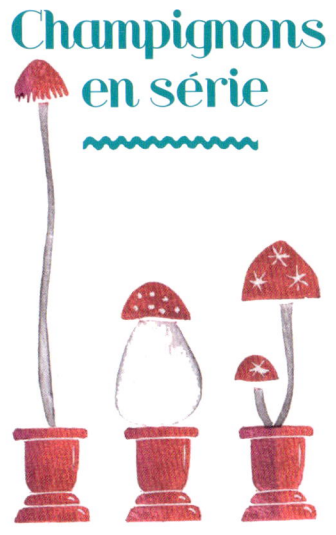

Les **tampons** de l'automne se font aussi dans l'esprit « collection ». L'idée, c'est de faire un tampon en forme de petit socle et de réaliser des champignons à part, dans des formes amusantes et contrastées. Le grand maigrichon, le petit dodu, les jumeaux étoilés… Vous pouvez imaginer n'importe quoi, c'est votre collection après tout ! Sur ce principe, on peut s'amuser à l'infini…

## Création
### 27 novembre

## Sachets de graines

Une autre idée de tampons, fabriquer de jolis sachets, à donner aux amis jardiniers : transparents, pour voir les graines au travers, ou dans de jolies pochettes en kraft, ou encore à placer dans de petites enveloppes. Le tampon apportera la petite touche « fait maison ».

Si vous optez pour des sachets transparents, utilisez de l'encre « Stazon » qui va adhérer sur la cellophane ou le plastique. Graver des mots demande une certaine maîtrise de la gouge. Si vous êtes débutante, gravez juste le dessin, vous écrirez le nom de la plante au feutre fin indélébile.

## Création
### 28 novembre

## Collection à 4 mains
★★★★★★★★★★★★★★★★★★

Un ancien journal de caisse trouvé sur un vide-grenier sert de bonheur-du-jour. J'y dessine de temps en temps un élément récolté au jardin, un insecte trouvé… Les mille et un trésors que la nature nous propose, si nous prenons le temps de les admirer. Les peindre ainsi, sans souci de composition, en les ajoutant au fil du temps est une petite récréation qui permet de savourer le temps qui passe…

Mon amie peintre, **Aurore Janon**, quand elle est de passage à la maison y peint aussi. Quelles que soient les techniques que vous pratiquez, je vous incite vraiment à faire quelques créations à 4 mains, elles font de beaux souvenirs d'amitié et nous entraînent souvent sur des chemins inexplorés…

http://aurorejanon.tumblr.com/

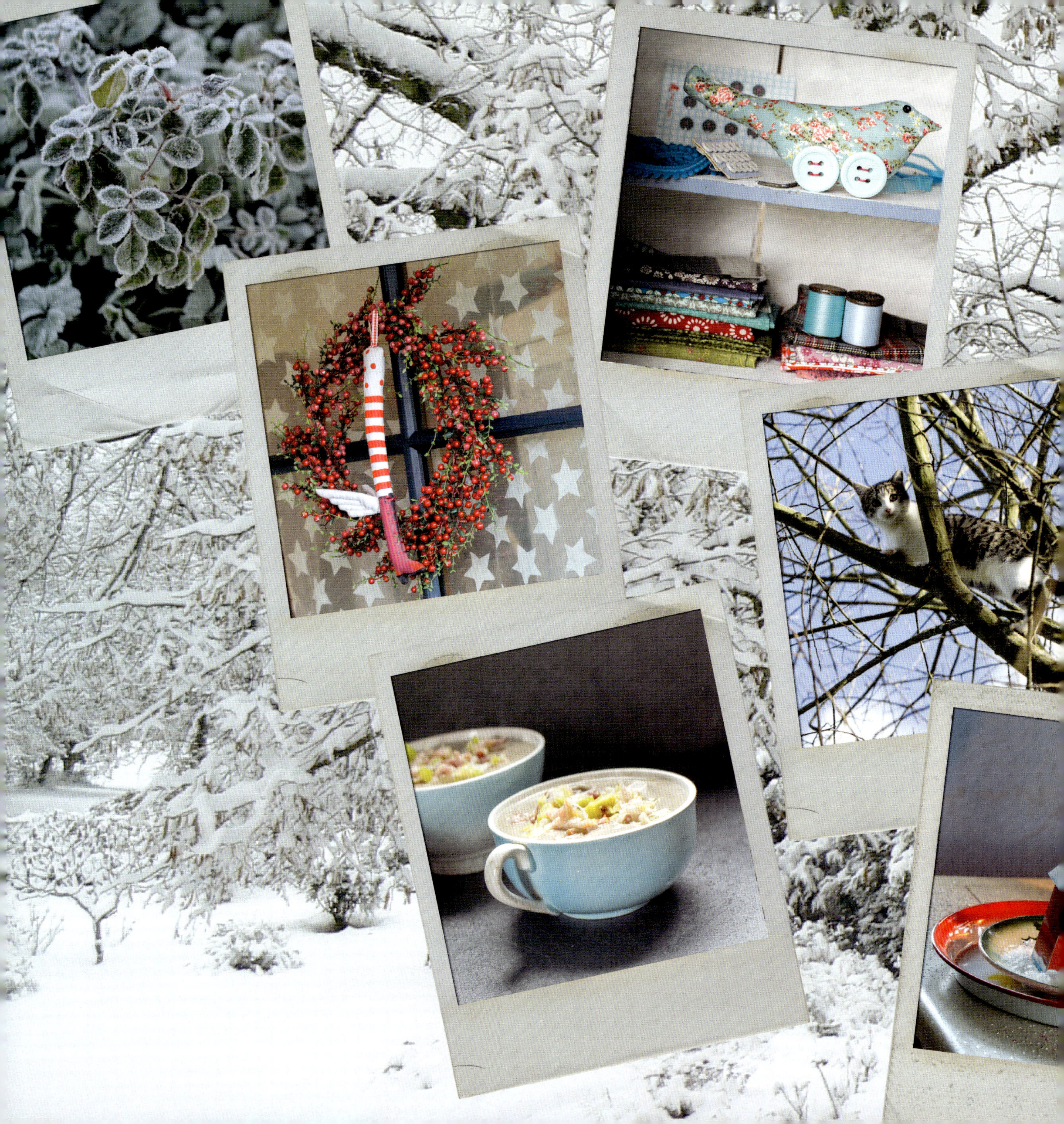

# hiver

## L'hiver est là…

… craquant de givre. Les moutons dans le pré ont parfois l'air d'être poudrés de sucre glace… La lumière est froide et coupante dans ces quelques belles journées ensoleillées qui illuminent l'hiver. Les sujets à peindre se font rares, alors je reste dans l'atelier à profiter comme mes chats de la chaleur du poêle… Mais c'est une période active aussi !

Un petit parfum de fête nous rend joyeux en cette saison et nous incite à préparer plein de petits cadeaux pour nos proches, à décorer la maison…

*"éclairage à la bougie : atmosphère réussie !"*
proverbe souris

*Le matin de Noël, j'ai pris un petit café avec le Père-Noël, il avait l'air content de la déco en tous cas !*

**Idée express**

1ᵉʳ décembre (Ce n'est pas encore officiellement l'hiver, mais il faut préparer Noël...)

## Mon beau sapin

Et si cette année vous faisiez un sapin avec une pyramide de boîtes ? D'ailleurs, on peut l'imaginer comme un calendrier de l'Avent, à remplir au fil du mois de décembre. Le tout, c'est de s'y prendre assez tôt pour collecter 25 boîtes d'ici le 1ᵉʳ décembre. Mais on peut s'y mettre dès le printemps !

Mélangez toutes les tailles, mais unifiez l'ensemble en utilisant une jolie gamme de couleur. J'ai opté pour mes couleurs fétiches, mais des versions plus naturelles ou tendres sont intéressantes aussi. Agrémentez ce calendrier en créant des petites saynètes pour les grandes boîtes, en les remplissant d'une jolie boule ou de friandises maison à picorer pour les plus petites boîtes... Chez moi, ce sont les souris qui se sont chargées de l'animation !

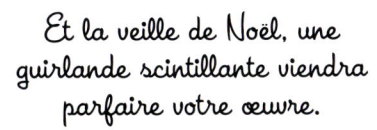

*Et la veille de Noël, une guirlande scintillante viendra parfaire votre œuvre.*

## Création
### 21 décembre

# Transparence givrée

Je réalise des décorations de Noël en fil de fer au contour simple (n'oubliez pas de créer une petite boucle pour l'accrochage). Je dépose un filet de colle tout le long de la silhouette et je pose délicatement du tulle ou de la dentelle par-dessus (1). J'attends que ce soit sec, et je coupe avec les ciseaux, ou, encore mieux, avec une petite pince (2). Il n'y a plus qu'à les suspendre devant la fenêtre. Et pour une touche plus festive, posez quelques points de gel pailleté argenté ou irisé, magie assurée !

### Ce qu'il vous faut :
- Du fil de fer
- De la colle universelle
- Du tulle ou de la dentelle
- Du fil de nylon
- Des petits ciseaux précis ou une pince à découper

*Création*
22 décembre

## L'oiseau à roulettes

**P**our l'hiver, notre petit oiseau s'est trouvé une place bien au chaud dans l'armoire à couture ! Vous voyez que le patron de base de la page 77 peut avoir de nombreuses variantes. Celle-ci consiste à lui coudre 4 gros boutons en guise de roulettes.

La petite astuce pour que les boutons ne se mettent pas en biais sous l'oiseau, c'est de les coudre seulement dans les trous du haut en ressortant de l'autre côté, de façon à les fixer des 2 côtés en même temps. On passe juste le fil dans les trous du bas de façon factice.

*et si on en faisait une petite collection en liberty ou à pois ?*

## Création
23 décembre

# Amulettes, grigris, porte-bonheur et Cie

### tuto

Vous êtes-vous déjà amusée avec du plastique fou ? Non ? Alors vous allez adorer !

**Comment faire ?**

**1.** Faites un dessin assez grand en guise de modèle, posez la feuille de plastique fou (blanc opaque) par-dessus, et, par transparence, redessinez sur le plastique fou avec un feutre fin multisupport. Commencez par remplir les zones de couleur, avant de faire le contour noir, sinon, il va salir la couleur (1).

**2.** Laissez bien sécher puis découpez la forme, en laissant une marge blanche autour (2 et 3).

**3.** Si vous voulez suspendre votre création, percez un trou avec une perforatrice avant la cuisson.

**4.** Posez vos médailles sur une plaque de cuisson, glissez-les au four préchauffé à 175 °C pendant 10 min environ. C'est là que le spectacle devient étonnant ! Vous allez voir vos grigris se tortiller jusqu'à devenir 7 fois plus petits ! Sortez-les du four quand ils sont bien plats.

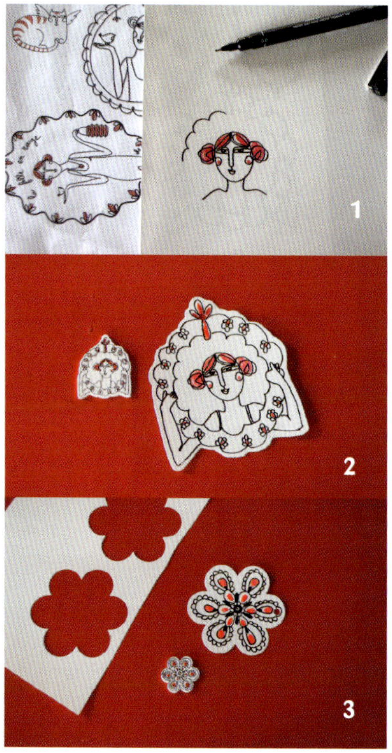

**Ce qu'il vous faut :**
- 1 feuille de plastique dingue (ou fou !)
- Des feutres permanents fins
- 1 perforatrice

## idée express
### 24 décembre

# Corbeille surprise

En cette période de fêtes, où amis et famille passent à la maison, je vous suggère de disposer dans une grande corbeille des petits paquets à offrir. De jolis sachets transparents remplis avec de petites créations, de chocolats maison, de cartes de vœux… Laissez vos amis choisir parmi ces petits trésors celui qu'ils ramèneront chez eux ; même si ce n'est que peu de chose, le fait de pouvoir choisir, hésiter… en fera une petite attention très appréciée.

## Création
### 23 décembre

# Collier « corde à linge »

Un petit bijou amusant, qui décline toute une garde-robe voletant au vent. Fabriquez une multitude de médailles sur ce thème et arborez-les avec humour.

Petites broches, médailles votives, amulettes avec des mots doux ou des dessins d'enfants… Cette technique qui réduit beaucoup le dessin original rendra minutieux et raffinés tous les motifs que vous aurez dessinés.

*Un peu de résine de glaçage apportera une touche brillante à vos microbijoux.*

*petits cadeaux à choisir*

: idée express
: 25 décembre

# Nichoir de fête

Notre petit nichoir de printemps se couvre de neige pour l'occasion ! Il se pose sur la table en guise de marque-place et peut même cacher un petit chocolat surprise derrière sa porte close… (Retournez au 24 mars – p. 8 – pour les explications !)

*Les souris mettent la main à la pâte et décorent aussi la maison.*

*Des bougies, une pincée de paillettes… et la magie est là.*

invitez les oiseaux à la table du réveillon !

*idée express*

27 décembre

# Les petits tampons

C'est le moment de se faire un joli tampon à son nom pour marquer ses cadeaux ! Il vous servira le reste de l'année pour signer vos créations. Pensez à l'encre textile « Versacraft » si vous voulez imprimer des étiquettes en tissu (voir p 25).

*l'humeur du jour*

Entre chat et souris… mon cœur balance !

*idée express*

30 décembre

# En attendant les beaux jours…

Les jours sont courts, mais vont commencer à rallonger… Rien de tel pour se remettre au jardinage ! Mais en douceur et au chaud à la maison : glissez un fond de terreau dans de jolis contenants, posez un peu de coton par-dessus et ajoutez 2 ou 3 cuillerées à café de graines à germer achetées en magasin bio. Il suffit de verser un peu d'eau tous les jours (n'inondez pas les graines non plus !), et au bout d'une semaine, vous pouvez faucher votre miniparcelle, et ajouter ces délicieuses pousses à vos assiettes.

## Création
### 1er janvier

## Botte ailée

★★★★★★★★★★

Pour démarrer la nouvelle année d'un pied léger... rien de tel qu'une botte ailée à suspendre à la porte le jour du réveillon ! Si vous avez du temps, vous pouvez en faire une série à accrocher dans le sapin et les distribuer le jour de l'An comme des bons vœux.

### Ce qu'il vous faut :
- De la toile de coton solide
- De la bourre synthétique
- Du fil blanc
- De la peinture et des feutres textiles

### Comment faire ?

**1.** Agrandissez le patron (voir p. 80) et reportez-le sur un coton solide, cousez la botte et le tour des ailes en laissant une ouverture pour retourner.

**2.** Retournez sur l'endroit et bourrez la botte de façon très compacte.

**3.** Remplissez les ailes, fermez-les à petits points et surpiquez les plumes à la main avec un fil blanc.

**4.** Peignez la botte, puis quand elle est sèche peignez les rayures et les pois.

**5.** Quand c'est bien sec, dessinez les détails au feutre textile opaque : lacets, surpiqûres...

**6.** Fixez les ailes par quelques points solides au dos de la botte.

Vous pouvez en imaginer pour toute la famille !

bonne année !

## Cuisine
2 janvier

# Une soupe poireaux-châtaignes

Parce que à part les servir avec la dinde, les châtaignes on ne sait jamais trop quoi en faire ! Émincez le blanc de **3 poireaux** et faites-le revenir dans une grande casserole avec **150 g de petits lardons fumés**, puis mettez ce mélange de côté. Égouttez **1 grosse boîte de châtaignes au naturel**, mettez-la dans la casserole avec 1 l d'eau salée et le reste des poireaux (pas les grandes feuilles vertes quand même !), cuisez 30 min, mixez et ajoutez un peu de **crème** pour lier. Servez au bol et ajoutez par-dessus un peu du mélange lardons-poireaux, un délice !

## Cuisine
5 janvier

# Un temps à faire de la soupe

Il fait très froid dehors ces jours-ci, on a juste envie de rester au chaud près du poêle ! Alors, voici une autre recette de soupe pour vous réconforter, et oublier les excès des fêtes.

**Une belle soupe blanche au chou-fleur**
Coupez **1 chou-fleur** en morceaux, ajoutez **2 petites pommes de terre**, couvrez d'eau salée. Cuisez 35 min jusqu'à ce que ce soit fondant. Mixez. Ajoutez un peu de **muscade**, un trait de **crème de soja** ou de **crème fraîche**. Servez dans de jolis bols et parsemez d'**amandes effilées** (et comme je ne sais pas me passer de couleur, j'ajoute des **pistaches concassées** et du **sel rose** ! Tant pis pour la soupe blanche !).

*l'humeur du jour*

brrrrr...

**Cuisine**
10 janvier

# Galettes de céréales
✳✳✳✳✳✳✳✳

**P**our accompagner ces soupes et les transformer en repas complet, ces petites galettes sont rapides à faire et délicieuses.

Mettez **3 poignées de flocons d'avoine** dans un grand bol, couvrez d'eau chaude, salez.

Au bout de 5 min, pressez les flocons pour les égoutter un peu, ajoutez **1 œuf**, du **gruyère râpé**, des **herbes ciselées** et assaisonnez.

On peut varier ces galettes en ajoutant un peu de **carottes râpées**, des restes de légumes cuisinés, du **cumin**…

Formez des galettes dans une poêle huilée et bien chaude et faites-les cuire 5 min de chaque côté.

**Cuisine**
16 janvier

# Biscuits étoilés
★★★★★★★★★★★★★★★

Pour des petits biscuits apéritifs en forme de baguettes magiques !

Ce qu'il vous faut :
- De la pâte feuilletée ou brisée
- 1 emporte-pièce
- Du papier sulfurisé
- Des bâtons de sucette
- Du fromage de chèvre, de la tapenade, du saumon…
- De la crème

Comment faire ?

**1.** Découpez des petites étoiles dans la pâte avec un emporte-pièce.

**2.** Déposez la moitié des étoiles sur du papier sulfurisé, et posez un bâton de sucette à la base.

**3.** Centrez un mini bout de fromage de chèvre ou de la tapenade, un peu de saumon et de crème… Mouillez les bords… Et hop ! recouvrez avec une autre étoile !

**4.** Pressez bien pour souder, attendez 15 min (sinon, les biscuits vont se détacher), et enfournez 15 min à four chaud !

Des versions sucrées – avec confiture de framboises, pâte de spéculoos, ou miel-noix – accompagneront joliment les thés d'hiver ou les goûters d'enfants.

*Ça sent bon dans la maison ! Les souris sont en cuisine !*

*Rien n'empêche de faire un vœu en dégustant ces sucettes étoilées : ce sont des baguettes magiques après tout !*

*Création*

4 février

# La petite chatte

Avec toutes ces souris dans la maison, il fallait bien quelques matous pour faire bonne mesure !
Les petites chattes de l'atelier, Bohème et Gipsy, étant un peu blasées des souris, j'ai créé celle-ci pour leur tenir compagnie. Facile à coudre dans un petit morceau de coton blanc, on peut les peindre de 100 manières !

Ce qu'il vous faut :
- Du tissu blanc
- De la peinture textile opaque
- De la peinture-relief en tube
- 1 crayon à papier
- Des pinceaux fins
- 1 petite palette pour vos mélanges
- Du fil de fer (facultatif)
- De la bourre

*Bohème et sa fille Gipsy*

## idée express
### 8 février

# Version enfant

Et pourquoi ne pas proposer cette activité aux enfants ? Cela peut donner de nouvelles idées pour les dessins de chats, et une jolie série de découpages !

## tuto

### Comment faire ?

**1.** Agrandissez le patron de la chatte à la taille désirée (celle-ci mesure en réalité 36 cm, mais elle peut être plus petite), et reportez-le 2 fois sur le tissu (les coutures de 5 mm sont comprises, voir le gabarit p. 80).

**2.** Découpez, épinglez et piquez, en laissant 7 ou 8 cm d'ouverture sur un des côtés de la robe.

**3.** Retournez, rembourrez en commençant par les pattes, fermez l'ouverture par quelques points.

**4.** Piquez avec un fil solide entre les pattes du bas pour marquer la séparation. Moi, j'enfonce un petit bout de fil de fer dans les bras et les pattes, car je trouve que ça permet plus de poses différentes, mais c'est facultatif (1) !

**5.** Peignez d'abord les yeux et la bouche, puis la couleur de la tête. Laissez sécher.

**6.** Dessinez le vêtement de votre choix d'un léger trait de crayon et peignez les motifs. Il vaut mieux décorer une face à la fois pour bien tenir la poupée, et laisser sécher avant de continuer (2). Ajoutez, si vous le souhaitez, quelques détails avec la peinture-relief.

Si vous avez envie de vous lancer dans un dessin plus personnel : posez la chatte rembourrée sur une feuille blanche qui vous servira de gabarit, reprenez le contour au crayon et testez vos idées en imaginant d'autres décors.

*l'humeur du jour*

*ange ou démon ?*

dessiner avec du fil de fer n'est pas si compliqué qu'il n'y paraît

Ce qu'il vous faut :
- 1 crayon
- 1 feutre
- Du fil de fer
- Des petites pinces

*Création*
16 février

# Volutes de fil de fer

**Comment faire ?**

**1.** Faites un dessin à la bonne échelle en vous exerçant à lever le crayon le moins possible, de façon à avoir peu de ligatures. Cela oblige à simplifier le trait au maximum, et c'est un très bon exercice de dessin ! C'est d'ailleurs cette technique qui m'a amenée aux dessins des filles en rouge qui ponctuent ce livre. Tous les traits doivent avoir un point de contact, exercez-vous au crayon, et quand vous êtes satisfaite, tracez le dessin au feutre.

**2.** Coupez un morceau de fil de fer assez grand et mettez-le en forme sur votre dessin, arrondissez le fil de fer sur des objets ronds : bouteilles, bâton de colle… pour obtenir des courbes régulières. Utilisez des petites pinces pour les angles et les formes pointues.

**3.** Quand c'est nécessaire, ligaturez avec un fil de fer plus fin les morceaux qui doivent être assemblés.

**4.** Ce portrait étant destiné à recevoir des bijoux, prévoyez une boucle en haut pour pouvoir l'accrocher.

*Pour débuter avec des formes simples, allez voir page 60*

*idée express*
18 février

# Jeux d'ombres

★★★★★★★★★★★★★★★

Quand vous serez contente de vos petites sculptures aériennes, vous pourrez jouer aussi sur des effets de plein et de vide, un peu de papier ou de tissu venant délicatement opacifier certaines zones. Un travail tout en délicatesse qui s'admire aussi en ombres chinoises… Voir la technique p. 60.

*l'humeur du jour*

Ne pas oublier de s'occuper un peu de soi…

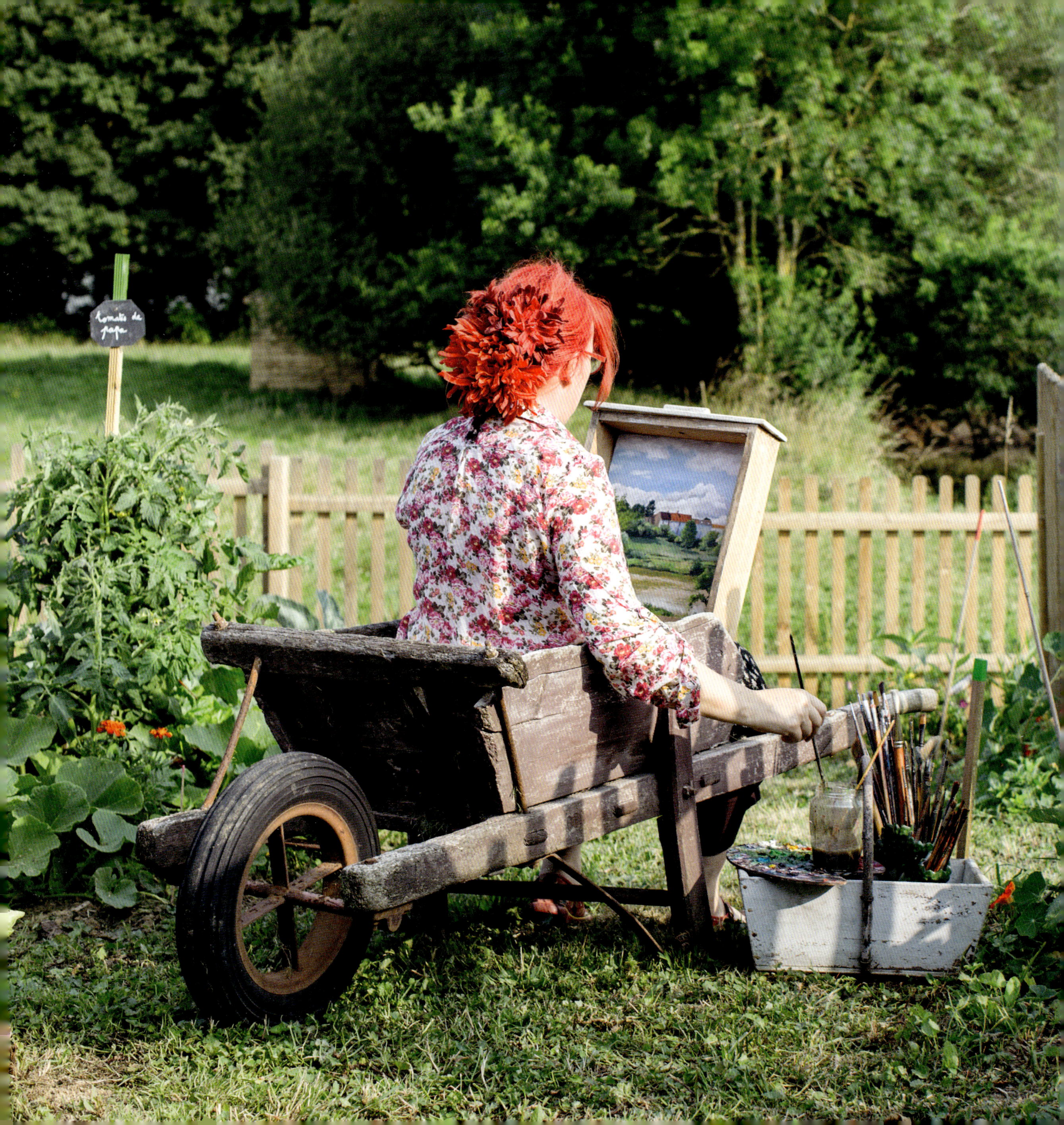
tomates de
papa

# Conclusion

**C**omme l'année passe vite !
Mais elle nous offre tellement de minuscules plaisirs, de lumières changeantes, d'odeur différentes...
Je guette avec gourmandise les signes de la saison prochaine qui amènera son lot de créations et de belles rencontres.
J'espère que vous aussi !
Pour continuer à vous faire sourire et à vous inspirer tout au long de l'année, je vous donne rendez-vous sur mon blog : **www.odilebailloeul.com**

*à bientôt*

Photographies d'Odile Baillœul : tous les tutos (pp. 13, 14, 19, 21, 25, 27, 37, 39, 53, 60, 62, 71), p. 13 (les 2 pochettes), p. 25 (la souris), p. 26 (en bas à gauche), p. 28 (les 2 photos en bas à gauche), p. 29 (à gauche), p. 30, p. 33 (à droite), p. 36, p. 37, p. 41 (les souris), p. 44 (Gaston le potiron), p. 45 (la barrette), p. 47 (la broche détourée), p. 49, p. 54 (à gauche), p. 59 (la souris Père Noël, les souris en bas), p. 64 (les 3 souris), p. 69 (les 2 souris), p. 73 (la souris).

Nichoirs de papier (p. 8)

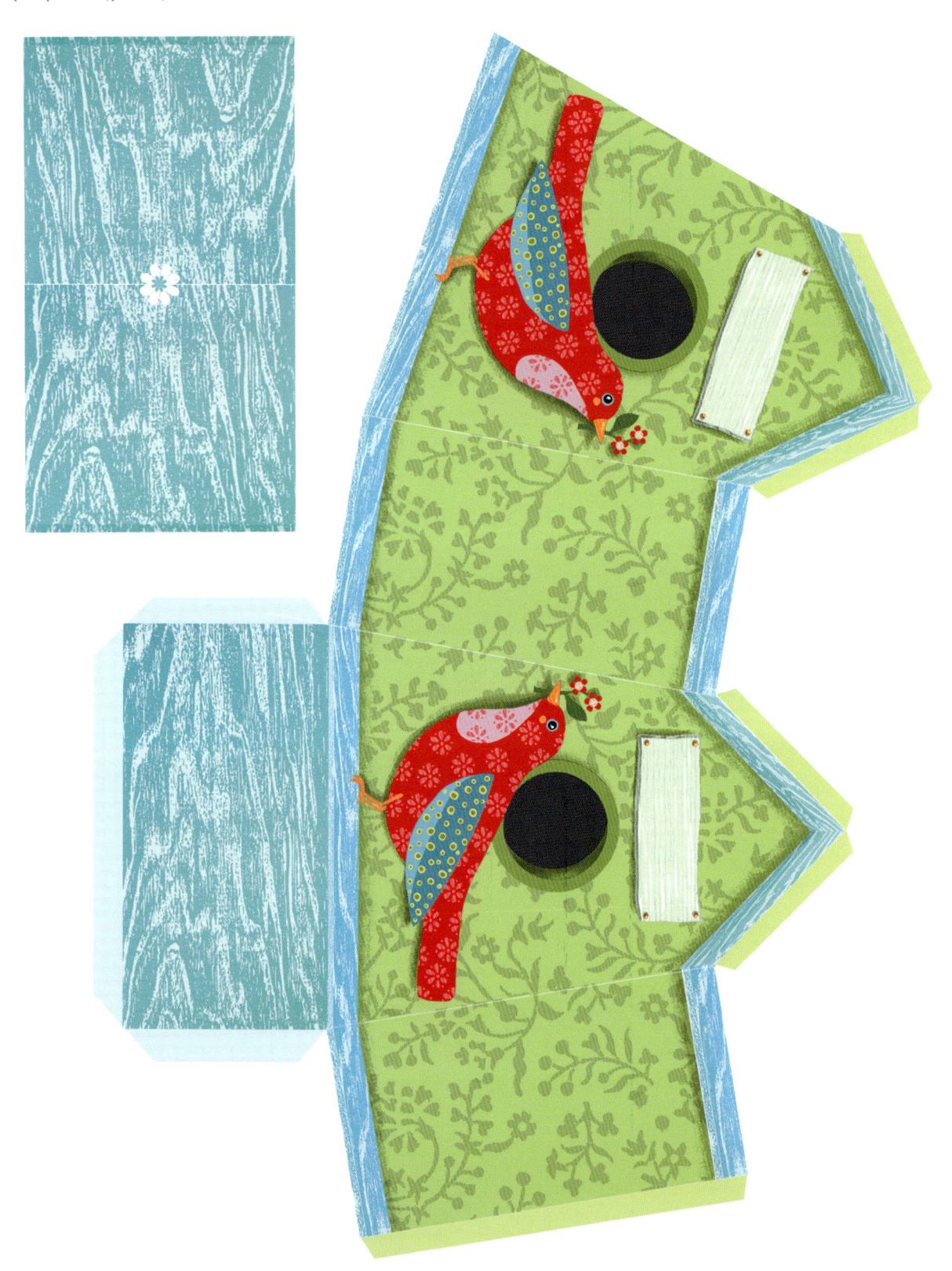

76

Oiseau brodé (p. 12)

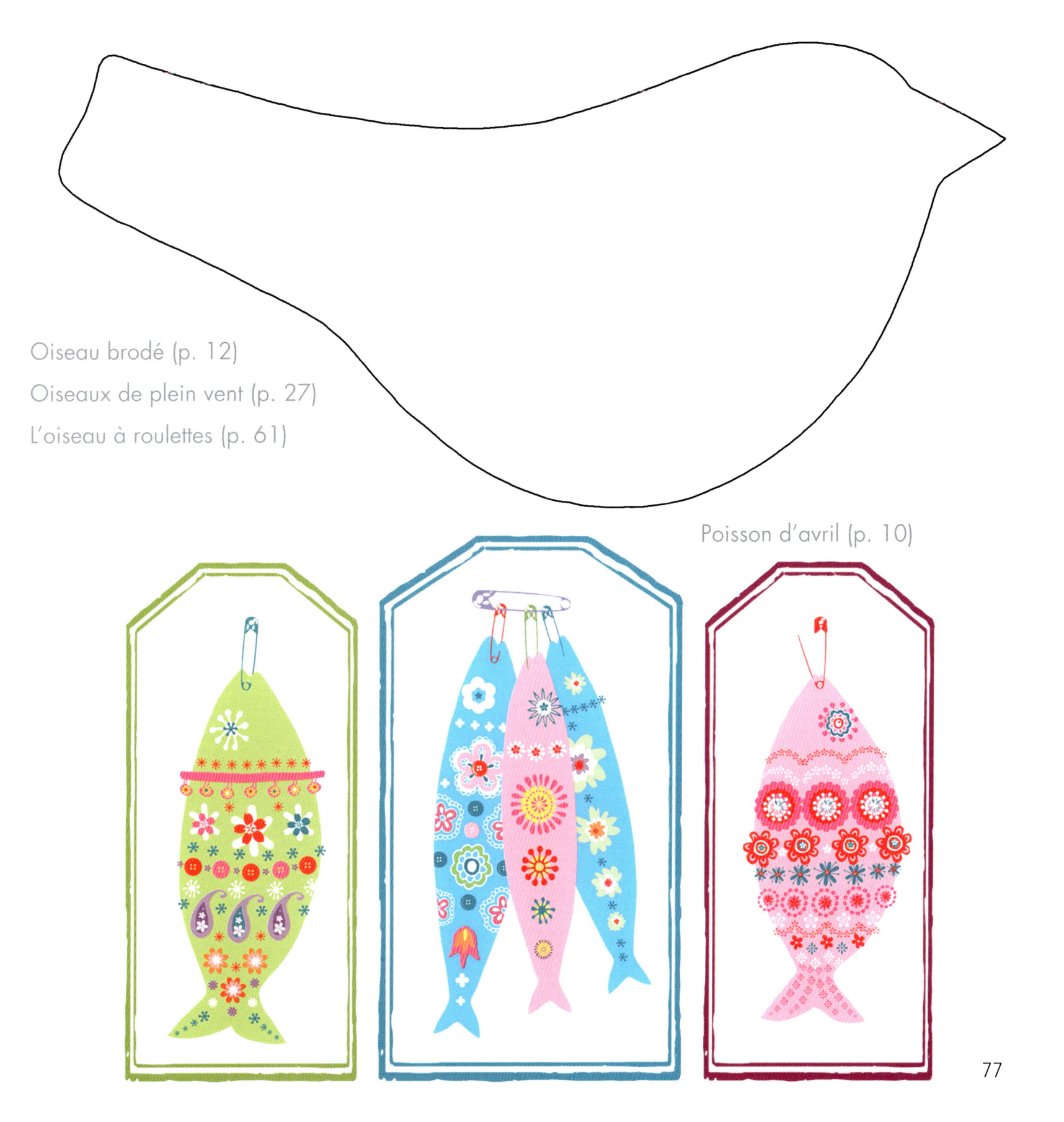

Oiseaux de plein vent (p. 27)

L'oiseau à roulettes (p. 61)

Poisson d'avril (p. 10)

Petits poissons gourmands (p. 10)

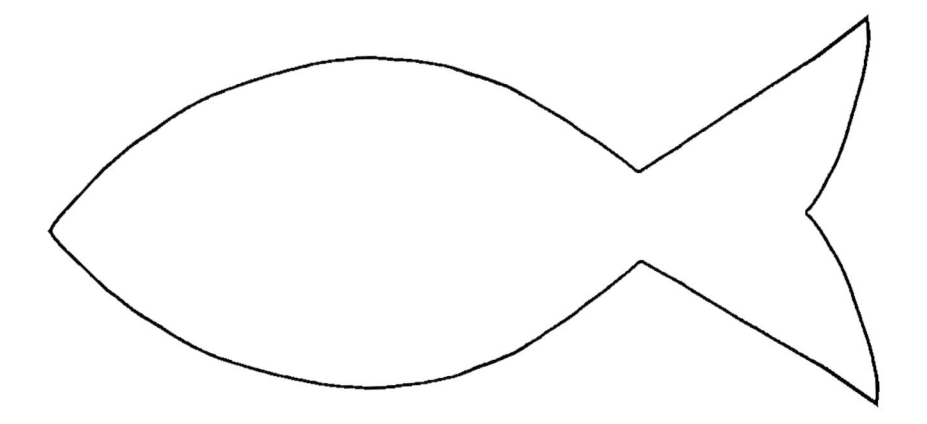

Tampons faits maison (p. 24)

# Tablier généreux
(p. 36)

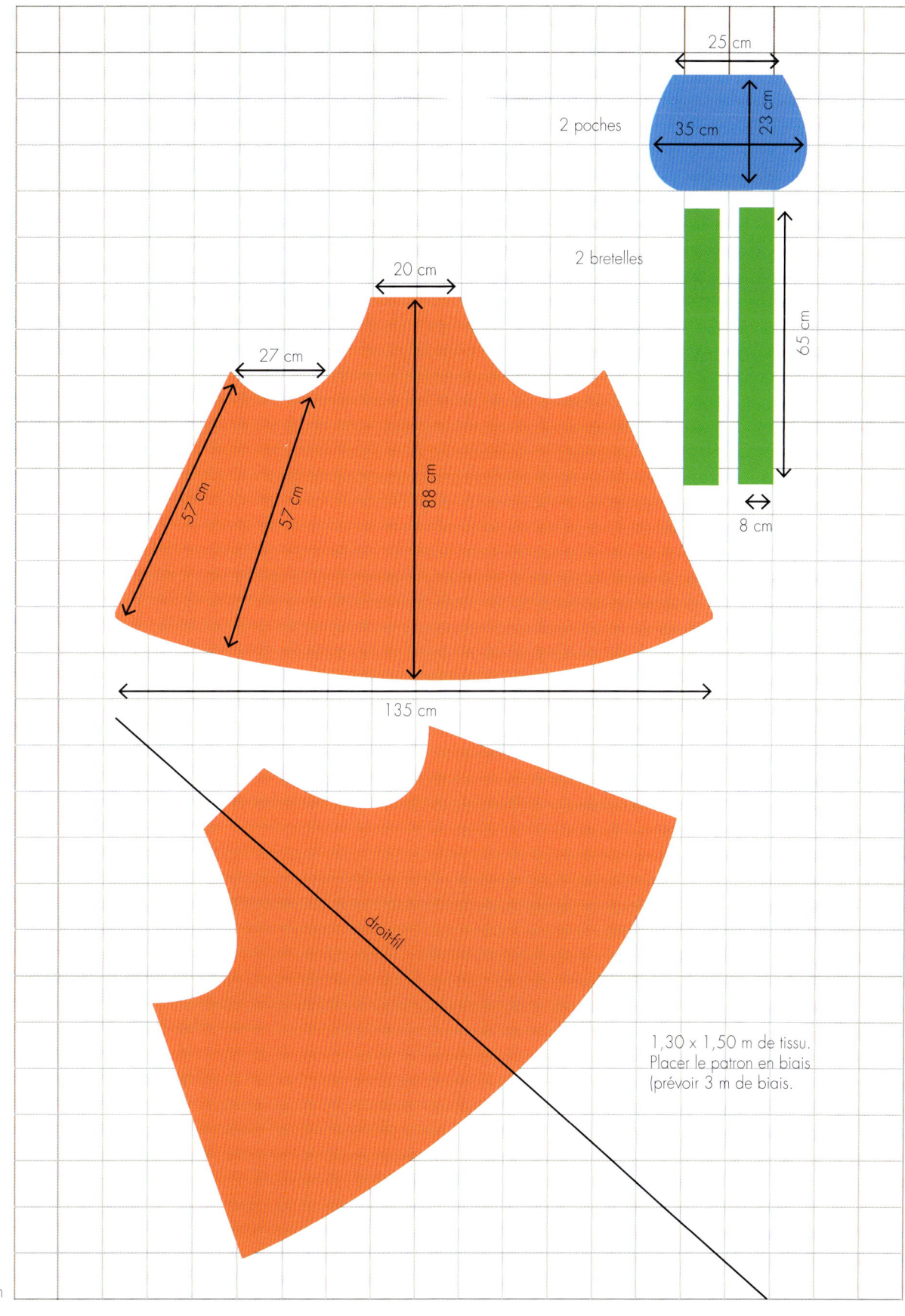

**2 poches** — 25 cm, 35 cm, 23 cm

**2 bretelles** — 65 cm, 8 cm

Mesures du patron : 20 cm, 27 cm, 57 cm, 57 cm, 88 cm, 135 cm

droit-fil

1,30 x 1,50 m de tissu.
Placer le patron en biais
(prévoir 3 m de biais).

1 carreau = 10 x 10 cm

La petite chatte (p. 70)

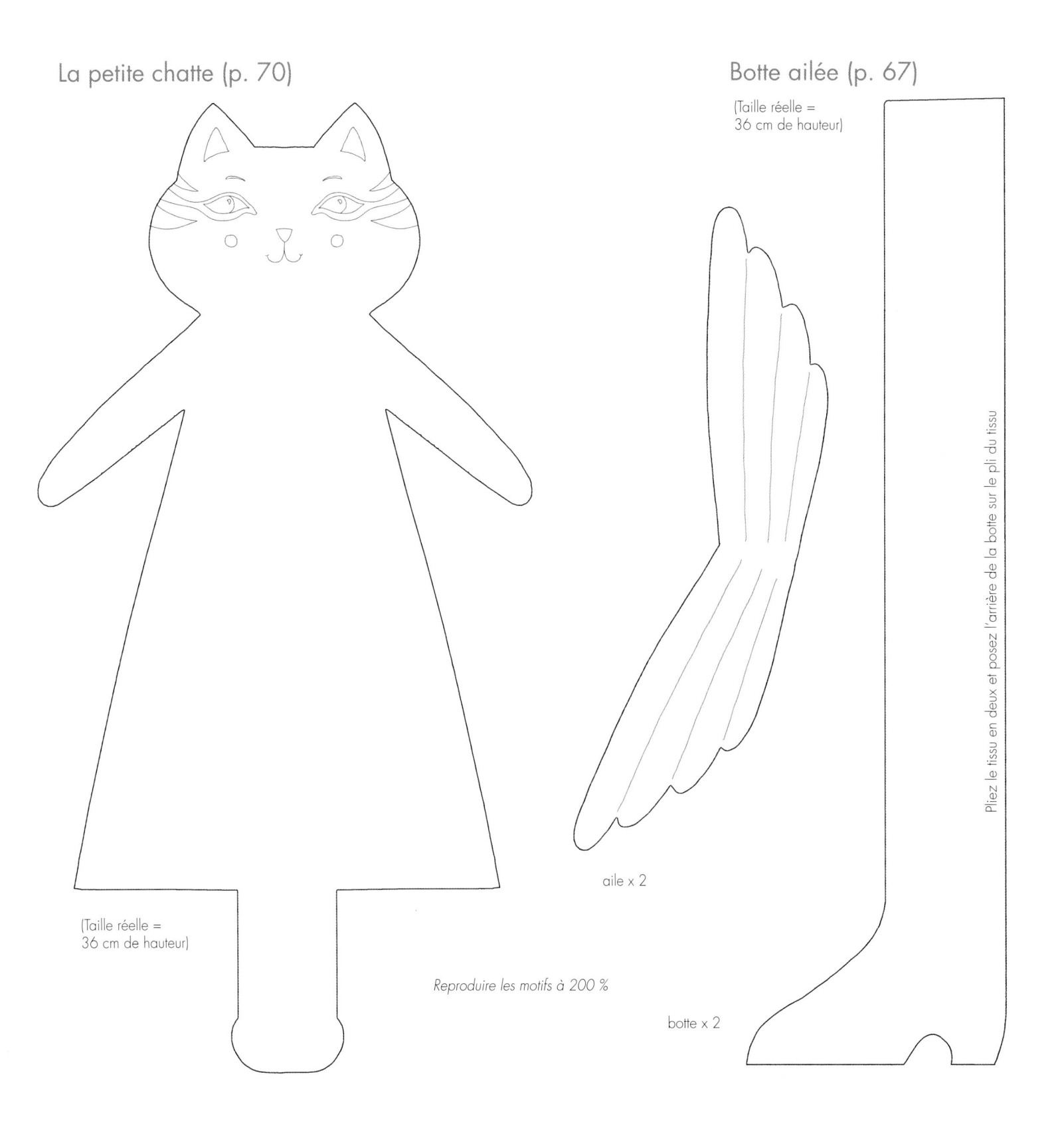

(Taille réelle = 36 cm de hauteur)

Botte ailée (p. 67)

(Taille réelle = 36 cm de hauteur)

Pliez le tissu en deux et posez l'arrière de la botte sur le pli du tissu

aile x 2

Reproduire les motifs à 200 %

botte x 2

Achevé d'imprimer en mai 2014 par Tien Wah Press.